KB090526

흰머리 소년의 생각

국방 과학 연구원이 말하는 민족과 국방과 나

박의동

맑은샘

──────────── 코로나19 바이러스가 우리나라에 본격적
으로 확산하기 전, 중국에서 상황이 심각해지기 시작하면서 약간의
긴장감이 맴돌던 2020년 1월 28일 아침, 평소보다 조금 일찍 잠에서
깨어난 순간, 갑자기 한 생각이 머릿속을 생생하게 지배하고 있었다.

'왜 우리는 고정 관념이나 자기만의 생각의 틀에서 벗어나지 못할
까?'

잠에서 깨면 잠자리에서 몸과 머리를 깨우기 위하여 평소처럼 뒤
척이면서 천천히 워밍업해야 하는 시간에 갑자기 왜 이런 생각이 떠
오르는지 이유를 알 수 없었다. 어젯밤 자기 전에 무슨 생각을 했었
는지, 잠들어 있던 밤사이 무엇이 나의 무의식을 지배하고 있었는지
알 수가 없었다. 4·15 총선이 두 달 반 남은 시점이라 매스컴과 인터
넷에서 유권자나 정당 간 상호 비방과 반대 논리가 무성한 것을 보고
잠자리에 들어서 그런가?

우리 국민들은 매스컴을 달구고 있는 정부 정책에 대한 강한 찬반
논란, 청와대 홈페이지에서의 청원 논란 등의 사안에 대하여 몸에 배

어있는 개인적인 고정 관념에 따라 이성적이기보다는 각자의 생각
틀 속에 갇혀 양 극단의 생각을 강하게 감정적으로 표현하는 느낌이
든다.

왜 이런 극단의 대립 상황이 되었을까? 우리나라가 위치한 지정학
적 상황이 원인인가, 타고난 국민성인가, 아니면 교육의 영향인가?
정치적 성향이 다르다고 적보다 더한 원수로 생각하다가 외부의 침
략을 받으면 나라가 어떻게 될 것인지 괜한 걱정이 되기도 한다. 이
제 우리나라도 올림픽 경기와 축구 월드컵을 개최한 나라이고, 선진
G-20 국가일 뿐만 아니라 교역량으로 세계 10위권을 차지하고 있는
수준이면, 일제 강점기, 8·15해방이나 6·25동란, 보릿고개, 산업화
시절의 이념이나 생각의 굴레에서 완전히 벗어나 인터넷과 인공 지
능이 중요한 역할을 하는 시대에 어울리는, 미래지향적인 선진 수준
으로 나아가야 하지 않을까?

이런 생각을 하면서 1970년대 후반 국방과학연구소(ADD) 연구원
시절, 1980년대 중반의 미국 유학 생활, 국방과학연구소에 재입소하
여 무기 개발하던 시절, 미국 국방부에서 교육받던 시절, 방위산업기
술지원센터의 책임자를 거쳐 대학에서 공학 설계와 기관 공학을 강
의하는 지금까지, 지나간 다양한 기회에 외부 강의를 하면서 후배들
에게 소개했거나 당부했던 내용, 국방과 기술 등의 월간지에 투고했
던 내용, 평소에 고민해 오면서 가끔 지인들과 토론했던 여러 가지
주제들에 대하여 개인적인 생각을 일기 쓰듯이 한번 재정리해보자고
마음먹었다.

처음에 글의 내용부터 쓰기 시작하면 순서나 전체적 균형이 맞지 않을 가능성이 있으니 일단 주제부터 정리했다. 그리고 주제별로 키워드를 정했는데, 키워드는 깊이 고민만 한다고 떠오르는 것이 아니니 시간을 두고 천천히, 걷다가, 자전거 타다가, TV 보다가, 기차 타고 가다가도 아이디어가 떠오르면 그때그때 기록해 두었다. 이렇게 하여 모아둔 주제들인 국민성, 정치적 현실, 국가관, 조직 운영, 교육, 연구 개발, 역사, 전쟁, 무기, 국방, 미국 생활, 자연, 일상생활 등에 대하여 평소의 생각을 정리하고, 지금의 한계를 벗어나 새로운 세상으로, 더 나은 미래로 가는 길을 고민해보았다. 나이가 들어 경험이 쌓여 가면 자기 확신에 빠져 듣고 싶은 것만 듣고 보고 싶은 것만 본다고 한다. 그런 실수를 범하지 않기 위해 오늘도 지금까지 걸어온 길 외에 또 다른 좋은 길은 없는지 찾아보며 새로운 의문을 던져본다.

박의동

차례

1부

국가와 국민,
조직에 대한 생각

우물 안 개구리

우리는 바깥세상의 형편도 모르면서 마치 세상의 모든 것을 알고 있다는 듯이 행동하는 사람을, 우물 안이 세상의 전부로 알고 있는 개구리에 비유하여 '우물 안 개구리(정중지와井中之蛙)'라고 부른다. 조금 비슷한 뜻으로 일부분을 알면서도 전체를 아는 것처럼 여기는 어리석음을 '장님 코끼리 만지기'라고 표현하기도 한다.

인간을 비롯한 동물들은 모두 시각, 청각, 촉각, 후각, 미각 등의 감각 기능(센서)을 가지고 있다. 그중에서도 시각은 외부 상황을 파악하는 데 아주 중요한 역할을 한다. 그런데 인간과 동물의 감각기관들은 공교롭게도 전쟁에 사용되는 무기에 들어 있는 탐지 센서와 많이 닮아서 기능이 아주 유사하다. 시각은 빛을 이용하여 물체를 구분하는 기능으로, 전파를 발사하여 물체를 탐지하는 레이다Radar와 비슷하다. 빛과 전파는 직진성과 속도 관점에서 유사성이 많다. 지상의 청음기나 수중에서 사용하는 소나Sonar는 소리를 들어 물체를 탐지하는 장비로서 동물의 청각 기능과 아주 유사하다. 다른 물체와 접촉됨을 탐지하는 접촉 센서, 또는 충격 센서는 동물의 촉각과 아주 유사하다. 일반적으로 인간이 잘 느끼거나 차이를 구별하지 못하는 자장磁場의 세기나 중력의 크기는 무기에 적용되는 센서를 사용하면 정밀한 계측이 가능하다.

그렇다면 인간이 만든 기계나 센서가 동물의 감각 기능보다 우수하다는 뜻일까? 아니다. 옛날에 통신 수단으로 이용하던 비둘기, 여러 날 걸쳐 멀리에서도 살던 곳을 찾아오는 진돗개, 지구 자기장Magnetic Field을 분석하여 장거리 왕복 이동을 하는 철새, 성어가 되어 부화한 곳을 찾아 북태평양에서 태어났던 강으로 회귀하는 연어 등 동물의 세계에서는 아직 우리가 상세하게 파악하지 못한 불가사의 수준의 탁월한 감각 기능들이 많다. 그런데 인간은 동물과 달리 지능이 높고 1차적인 감각 기능과는 차원이 다른 영감, 육감, 직관, 분별력, 상상력 등의 고차원적인 능력을 가지고 있다.

우물 안에 사는 개구리는 우물 안 세상과 좁게 보이는 하늘이 시각적으로 보이는 세상의 전부다. 그렇지만 우물 안 세상도 변화가 심한 세상이다. 계절에 따라 하루 중에도 온도가 바뀌고, 비가 오면 물이 많아지며 낮에 가끔 잠시 보이기도 하는 태양의 빛도 방향과 세기가 일정하게 변한다. 맑은 날 밤에 보이는 별은 동쪽에서 서쪽으로 움직인다. 우물 안에 사는 개구리지만 1차 감각 기능 외의 능력을 조금만 가지고 있으면 시각적으로 보이고 느껴지는 좁은 공간에서도 세상의 이치를 많이 알 수가 있을 뿐만 아니라 태양계와 성간 세계를 지나 별세상 너머 먼 우주에까지도 상상의 나래를 무한히 펼칠 수 있다.

장님은 시각이 제한을 받는 관계로 청각, 촉각, 후각 등 다른 감각이 발달되어 있다고 한다. 장님이 코끼리를 만지면 굵은 기둥으로만 느껴질까? 코끼리를 잠시 한 번만 만져보면 그렇게 느낄 수도 있을 것이다. 그렇지만 이는 어쩌면 시각 장애인의 다른 능력을 무시한 일반인의 편견일 수 있다. 만약 코끼리에 대하여 설명을 들었거나 공부한 적이 없는 시각 장애인 10명을 데려다 코끼리를 만져보고 코끼리 모양을 설명해 보라고 요구한다면, 설령 다리만 만져 보았더라도 몸통과 연결된 다리의 윗부분을 직접 만져보지 못했다 하더라도 다리 기둥 위에 뭔가가 더 있고, 청각과 후각을 통해서라도 기둥만 있는 것이 아니라는 것 정도는 금방 알 수 있을 것이다.

우리는 우물 안에 사는 개구리와 시각을 잃은 장애인의 능력을 너무 간단히 폄하하는 것은 아닐까? 더군다나 우물 안에 사는 개구리나 시각 장애인도 상상의 나래를 펴면 생각이 우물 안이나 기둥을 지나 지구상 어디에도 갈 수가 있고, 먼 우주로까지 뻗어 갈 수 있을 것이다.

현대 사회를 살아가는 일반인들이, 아니 주변에 있는 많은 우리 국민들이 자기 생각의 틀 속에 갇혀 있거나 고정 관념에 사로잡혀 시야를 넓히지 못하고, OX 문제만 있는 듯이 흑백 논리에 파묻혀 우리 편의 잘못은 보지를 못한다. 거기다 남의 잘못은 크게 보여 남 탓만 하고 살고 있는 것은 아닌지? 선거철마다 양 진영이 한풀이하듯이 극한 대립을 하는 것을 보면, 개구리는 비록 우물 안에 살고 있지만, 자유로운 생각과 열린 마음만 가지고 있다면 우물 안에서도 우주를 살필 수 있는데, 우물 밖 넓은 세상에 살면서 기본 감각이 모두 살아있

는 많은 사람들이 우물 안 개구리보다 못한 닫힌 마음으로 자기 생각
틀 속의 흑백논리에 갇혀 스스로 눈 감고 귀 막고 사는 것 같은 느낌
이 든다.

갑질

계약서상에서 계약 당사자를 순서대로 편의상 지칭할 때 갑(甲)과 을(乙)로 표현하고, 양자의 관계를 갑을 관계라고 한다. 갑과 을은 주종 관계나 우열의 높낮이를 지칭하는 용어가 아니고 수평적 나열 관계이지만, 계약 시 통상 갑은 정부나 대기업처럼 용역이나 예산을 제공하는 쪽을 지칭하고, 을은 용역이나 예산을 받아 업무를 수행하고 그 결과를 제시하는 쪽을 지칭하다 보니 우리나라에서는 관념적으로 상하 관계로 인식되어 왔다. 특히 산업화 과정에서 기업 간 경쟁이 치열해지면서 대기업과 중견 기업의 하청 관계, 중견 기업과 소기업의 재하청 관계에서 갑의 횡포와 을의 피해 의식이 인식되어 온 것도 사실이다. 최근 SNS의 발달과 경제 민주화 개념의 확산에 따라 갑의 횡포를 없애고 을을 보호해야 한다는 인식이 널리 퍼지고 있으나, 아파트 입주자와 경비원, 고객과 식당 종업원, 대형 마트 소비자와 계산원, 사장과 종업원 관계에서 나타나는 바와 같이 갑의 횡포와 을의 피해 의식은 계약 당사자의 하청 관계뿐만 아니라 국내 거의 모든 분야에 아직도 만연되어 있는 것이 현실이다.

갑의 횡포를 통상 갑질이라고 부른다. 갑질이란 권력의 우위에 있는 자가 약자에게 강요하는 부당 행위로 표현할 수 있으며, 갑과 을은 강자와 약자, 높은 사람과 낮은 사람을 의미하기도 한다. 그렇다면 갑을 관계나 갑질은 모든 분야에서 민주화가 제대로 달성되면 사라질까? 군軍과 같이 명령 체계가 잡힌 조직에서 명령과 갑질의 뚜렷한 경계를 지을 수 있을까? 어떤 조직에서 갑의 입장에 있는 사람들에게 을에게 갑질을 한 적이 있느냐고 설문을 했더니 '예'라는 대답이 20% 정도 나왔고, 상대방인 을에게 갑질을 당한 적이 있느냐고 물었더니 '예'라는 답변이 80%에 달했다는 설문 조사가 있다. 여기서 가해 20%와 피해 80%의 인식 차이를 어떻게 해석해야 할까?

오랫동안 국방 연구 개발 및 개발 지원 조직에 근무한 바 있고, 2000년도에는 미국 국방부 산하 교육 기관인 국방획득대학DAU: Defense Acquisition University에서 국방 분야 획득사업관리 최고위 과정 교육을 받은 적이 있었다. 그 경험을 바탕으로 연구소에서 상당 기간 신입 소원이나 중간 관리자 교육을 수차례 담당했는데, 조직 내에서의 갑질에 대한 대화도 많이 있었다. 모든 조직은 정기적으로 통상 연말에 인사고과를 실시하여 상대평가를 하고, 고과 결과에 따라 인센티브를 차등 지급하기도 한다.

고과 평가에는 몇 가지 방법이 있다. 대부분의 직장에서는 하향 평가, 즉 바로 위 상관과 그 위인 차상위 상관으로부터 평가를 받는다. 일부 직장에서는 반영 비율이 높지는 않지만, 윗사람을 평가하는 상향 평가와, 같은 직급끼리 상호 평가하는 동료 평가 결과를 반영하기도 한다. 최종 평가 결과가 각자에게 통보된 후 결과에 만족하지 못하면 어필할 기회가 주어지지만, 상관이나 조직에 나쁜 인상을 줄까봐 어필하는 경우는 거의 없다. 그런데 상대 평가이고, 성과급(인센티브)은 총액이 정해져 있는 관계로 제로섬Zero-sum이라 정해진 기준에 따라 아무리 공정하게 평가하려고 노력해도 평가를 받은 사람 중 많은 수가 만족하지 못한다. 평가자(갑의 입장)의 최선의 결정도 피평가자(을의 입장)에서는 다소 불만 또는 갑의 횡포로 여겨지기도 한다.

상향 평가는 더 묘한 결과를 보인다. 구성원 각자의 상관(부서장)을 평가할 때는 부서장이 당연히 을의 입장이 된다. 어떤 부서장들은 상향 평가에서 상대적으로 하위 성적이 나오면 수긍을 하지 못한다. 고학력 우수 집단이 모인 조직에서 여러 명 중 연구 관리 능력이나 리더십이 뛰어나다고 인정을 받아 부서장이 되었고, 개인 시간을 희생해 가면서 헌신하였는데, 부서원들로부터 상대적으로 바닥의 평가를 받았다는 사실에 약간의 배심감도 느끼는 듯했다. 갑과 을이 서로 바뀌었을 때 나타나는 현상이다.

가끔 정부나 대기업과 거래하는 조직이나 작은 회사는 마음속으로 갑을을 서로 바꿀 수만 있다면 엉터리 같은 갑을 혼내 주고 싶다는 생각이 들 때도 있을 것이다. 그런데 을을 괴롭히는 갑질이 사라져야 한다고 다들 공감하지만, 완전히 없앨 수 있을까? 정부는 계약 체결 시 갑, 을이라는 용어를 사용하지 못하게 했는데, 용어만 없앤다고 갑질이 사라질까? 능력과 인성, 설득력이 다소 부족한 상관의 경우, 다수의 부하 직원이 갑질이 없다고 느낄 정도로 부서를 운영할 수 있을까?

자본과 능력으로 서로 치열하게 경쟁하여 승자가 독식하는 자본주의 사회에서 갑질의 완전한 추방이 가능할까? 유교적, 가부장적 전통이 아직은 조금 남아 있는 우리나라에서 갑질을 완전히 뿌리 뽑기는 어렵다는 사실에 모두 동감할 것으로 본다. 그렇다면 갑질을 최소화시키려면 어떻게 해야 할까? 법적 규제나 제도도 뒷받침되어야 하겠지만, 무엇보다도 강자와 약자, 갑을 관계에 대한 인식과 문화적 변화가 반드시 필요하다고 생각한다. 우리 사회가 지속적으로 변하여 조직의 장長에 대한 인식이 많이 개선되었지만, 약 10여 년 전 무렵 중간 관리자 교육에 참여할 때부터 부서장과 부서원은 상하관계가 아니고 담당하는 업무가 서로 다를 뿐이라는 인식을 가져야 한다고 심심한 당부를 하곤 했는데 제대로 인식이 되었을까 확신이 서지 않았다.

길을 걸어가다가 일상적으로 목격하는 장면 중 하나는, 시내 도로나 심지어 아파트 단지 내에서도 자동차가 보행자에게 비켜달라고 경적을 울리는 경우이다. 운전자는 자동차 속에 보호된 강자이고 보행자는 부딪히면 다치는 약자인데, 강자가 나아가는 데 약자가 방해되니 빨리 비켜달라고 요구(강요)하는 전형적인 갑질이 아닌지?

1980년대 말, 많은 보행자가 자동차 도로를 부분 점령하고 걸어가는 상황에서, 자동차를 서행 운전하며 도로를 건너는 한 무리의 인파 뒤에서 따라가다가 조용히 정차 수준으로 속도를 줄인 적이 있는데, 그때 갑자기 돌아보던 한 명이 "아저씨 왜 빵빵 안 해요?"라고 큰 소리로 항의를 하여 당황했던 경험이 있다. 경적을 울렸으면 길을 비켜

줄 것인데 왜 조용히 따라붙어 놀라게 하느냐고 항의한 것이다. 차만 타면 누구나 갑이 되고 경적을 울리면서 보행자(을)에게 비켜 달라고 하는 것이 당연하다고 우리 모두의 몸에 배어 있는 것이 아닌가 하는 느낌이 강하게 들었다. 혹시 우리 민족의 피 속에 갑을 관계는 오랫동안 자리 잡고 있어 해소하는 것이 당분간은 어려운 실정이 아닐까?

어쩌면 초등학교 시절에 배우고 지금도 친근한 '자전거'라는 동요에서부터 우리의 갑질 문화가 뿌리 깊이 배어있는지도 모른다.

"따르릉 따르릉 비켜나세요. ~ 저기 가는 저 노인 조심하세요. 우물쭈물하다가는 큰일 납니다."

자전거를 탄 사람이 아마도 더 젊고, 노래가 나온 옛날에 자전거를 타니까 상대적으로 부유한 사람(갑)일 텐데, 약자인 꼬부랑 노인(을)에게 내가 가는 길에서 비켜나라고? 지나가다가 자전거에서 내려 인사하고 자전거를 끌고 지나간 다음 다시 타고 가야 하는 것 아닌가? 흘러간 유행가 중에는 "아아아! 억울하면 출세를 하라."는 노래도 있다. 그동안 갑질을 당해서 억울하다고 생각되면 출세를 하라고 하니, 평소에 갑질 당하는 것이 일상적인데 억울하다고 생각되면 출세하여 갑질을 하라는 의미로 해석된다.

학교 스포츠팀이나 기업 스포츠팀 내에서 감독이나 코치가 훈련 시 선수들을 대하는 태도에서는 갑질을 넘어 횡포나 폭행 수준의 일이 벌어져 종종 사회 문제가 되기도 한다. 국내에 정식, 혹은 불법 체류 형태로 일하는 외국인 근로자나 조선족을 대하는 우리 국민들의 태도에서도 약자에 대한 우리의 갑질 문화가 어느 정도는 몸에 배어 있음을 느끼게 한다.

법이나 제도보다는 다수의 소수에 대한 배려 문화, 강자의 약자에 대한 배려 문화를 함양하지 않고는 갑질이 사라지지 않을 것인데, 정착되어 있는 문화와 국민적 정서 문제라 갑질의 해소에는 시간이 오래 걸릴 듯하다.

주변을 살펴보면 갑질을 유도하는 요소도 아직 여기저기 숨어있다. 지금은 조금 개선되고 있지만, 정부에 납품하거나 개발 계약 시 약속하는 사양서 문구에 아직도 비계량적인 요소가 많다. "내의는 통기성이 좋아야 한다.", "배송 상자는 너무 무겁지 않아야 한다.", "너무 오래된 것을 사용하면 안 된다." 이러한 애매한 표현들은 기준이 수치화되어 있지 않아 판단하는 사람에 따라 만족, 불만족 여부가 달라질 수 있으므로 갑이 횡포를 부리거나 뒷거래를 유발하는 요인이 된다.

정부 고위층에서 무슨 대책을 발표할 때, 재발 시에는 무관용으로 대응하겠다는 얘기를 종종 하는데, 원칙과 제도가 아닌 관용, 무관용 개념 자체가 정부가 갑이고 국민이 을이라고 강하게 주장하는 것 같은 인상을 받는 것은 나 혼자만의 느낌은 아닐 것이다.

사회주의 국가인 북한의 경우는 어떤가? 사회주의는 우리보다 더 평등하고 갑을 관계가 덜 심각할 것 같은데, 탈북자들이 많이 출연하여 북한의 실상과 탈북 배경 등을 자유롭게 얘기하는 TV 프로그램인 '모란봉 클럽'을 통하여 들어보면, 지역마다 권력자들의 갑질이 우리보다 더 심각하다는 것을 느끼게 된다. 핏줄이 같은 민족이라 갑질 문화도 큰 차이는 없는 것 같다.

상대에 대한 배려

창원에서 생활하던 2005년 무렵, 아침에 연구소로 출근하려고 아파트 단지를 빠져나오는 T자형 삼거리, 직진 길은 없고 좌우회전만 가능한 신호등 없는 길에서 좌회전을 해야 하는데, 왼쪽 제법 떨어진 거리에서 승용차 한 대가 오고 있었다. 그냥 좌회전해도 큰 문제는 없지만, 상대가 직진 차라서 지나가도록 왼쪽 방향 지시등을 켜고 기다렸더니, 바로 앞에 와서 직진하지 않고 우회전하여 옆을 스치듯이 아파트 단지로 들어갔다. 이후에도 몇 차례 이런 경우가 있었다. 물론 상대방 차는 오른쪽 방향 지시등을 켜지 않고 아파트 단지로 들어간 것이다. 우회전하는 상대방이 방향 지시등을 켜고 다가왔으면 나도 기다리지 않고 방향 지시등을 켜고 여유 있게 좌회전했을 것이다.

요즈음은 운전 배울 때 방향 지시등 켜는 것을 가르쳐 주지 않는지 운전하고 다니다 보면 방향 지시등을 안 켜고 회전하는 차들이 더 많은 것 같다. 단속해야 하는 강제 조항이 아닌지 궁금하기도 한데, 컴퓨터에서 자동차 경주 게임을 즐기는 세대들은 방향 지시등을 사용 안 하는 습관이 몸에 배어 있는지도 모른다. 자동차 방향 지시등 켜기는 상대방에 대한 최소한의 배려가 아닐까?

지금 살고 있는 아파트 주변과 법조 타운을 운동 삼아 걸어 다니다 보면 종종 자동차 경음기 소리를 들을 수 있다. 소리가 너무 크다. 신호를 위반하거나 위험하게 끼어드는 운전자에게 경고하여 사고를 예방하는 좋은 취지가 있을지는 모르지만, 주변의 보행자나 주민들에게 소음 피해를 준다. 우리나라에는 혹시 아파트 단지 등 도심지에서 경음기 사용을 금지하는 법규가 없나?

아파트 층간 소음이 종종 사회 문제로 등장한다. 인터넷에는 피해를 받는 아래층에서 위층에 보복할 수 있는 여러 가지 방법이 소개되어 있다고 한다. 어떤 사람은 천장에 부착하는 음향 스피커를 사용하여 위층에 진동을 전달했다가 고발을 당하여 법적 처벌을 받았다고 한다. 물론 괴롭힐 의도가 있었으니 모르고 한 행동과는 다르지만, 어쨌든 오랫동안 가해를 한 위층도 문제가 있다는 생각이 든다. 위협 운전에 보복 운전을 했다고 처벌받는 경우와 유사하다. 아파트를 건설할 때 층간 소음 방지 설계를 미리 반영해야 하겠지만, 발뒤꿈치로 쿵쿵하고 걷는 것이 못 고치는 버릇이라면 카펫을 설치하거나 덧신을 신는 것도 최소한의 배려는 아닐까?

붐비는 시장통에서 만나기로 한, 주변 지리에 익숙하지 않은 두 사람, 도착 시간이 되면 만나기 위하여 전화로 서로의 위치를 물어본다.

"어디야?"

"너는 어디야?"

한참 동안 서로의 위치를 잘 모른다. 찾기 좋은 위치를 잡아 스스로의 위치를 상대방한테 먼저 알려 주면 만나기 훨씬 용이할 것인데, 자기 위치를 알려 주기보다는 계속 상대방 위치만 알고 싶어 한다.

우리는 혹시 자신은 밝히지 않고 남의 정보를 많이 알아내려고 하는 것이 몸에 배어 있는 것이 아닐까? 근처 지리를 잘 안다면 상대의 위치를 알고 찾아가는 것이 상대를 배려하는 것이지만, 서로 지리를 잘 모른다면 나의 기본을 먼저 알려 주는 것이 더 나은 배려일 것으로 보인다.

대형 마트에 장을 보러 가서 카트를 밀고 다니다 보면 길 중간에 카트를 비스듬히 세워두고 관심 있는 물건을 고르는 데 정신이 팔린 사람들을 자주 접한다. 남의 통행에 방해를 주지 않도록 카트를 한쪽에 붙여 세워 두는 것이 최소한의 배려나 예의가 아닐까?

젊은 연인들이 만나 사귀다가 결혼을 하고 몇 년이 지나면 상대방한테 사랑이 식었느냐고 묻는 경우가 있다. 어떤 대답을 해야 할지 고민이 되지만, 사실 깊은 고민을 할 필요가 없을 것 같다. 초기에 나타나는 깊은 사랑의 감정 속에는 감정 자체뿐만 아니라 호르몬 작용도 영향을 미친다고 한다. 그런데 사랑의 호르몬 작용은 개인에 따라 조금 차이는 있겠지만 3년 정도 유지된다고 하니까 세월이 흘러 호르몬 작용에 의한 사랑이 식어가는 것은 다소 자연스러운 현상이다. 그렇지만 호르몬의 영향으로 줄어든 사랑은 서로를 인정해 주고 배려해 준다면 더욱 성숙되고 깊은 사랑으로 발전할 수 있을 것이다.

경쟁이 치열한 우리 사회를 살다 보면 남에 대한 배려가 부족해지기 쉽다. 특히 지금의 젊은 세대들은 핵가족 시대에 한두 명의 귀한 아들딸로 자라서 과거 세대보다 이기심은 커지고 남에 대한 배려는 부족해진 느낌이 든다. 남보다 더 커야 하고, 성적이 좋아야 하고, 취업도 잘해야 하고, 지속적인 경쟁에서 이겨야 하는데, 경쟁자인 상대를 배려할 마음이 생기기가 쉽지 않을 것이다. 그런데 성적이 좋다고, 합격을 했다고, 이겼다고 미래가 항상 좋아지는지는 아무도 모른다. 세상은 각자의 생각대로 단순하게 돌아가지 않는 것 같다.

기도의 이기심을 설명한 한 스님의 말을 빌려, 배려가 부족해진 배경에 누구의 책임이 큰지 살펴보자. 배려심이 부족해진 듯이 보이는 젊은 세대를 키운 부모들이, 만약 자녀의 입시철에 어떠한 종교 시설이든 찾아가서 합격 기도를 했다면, 그리고 그 기도 덕분에 자녀가 원하는 대학에 합격한다면, 그 부모는 자녀의 경쟁자에 대한 최소한의 배려는커녕 자녀보다 실력이 나은, 당연히 합격해야 할 한 사람의 젊은이가 가야 할 길을 막고, 실력이 모자라는 자기 자녀를 대신 합격시켜달라고 기도한 것이라는 사실을 인식하고 있을까? 젊은 세대의 배려심이 부족해진 배경에 부모와 사회의 책임도 있을 것이다. 욕심과 이기심은 남을 배려하지 않는다. 배려는 아무나 할 수 있는 것이 아닌 것 같다. 신이 있다면 자녀 입시에 대한 부모들의 애틋한 합격 기도를 받아줘야 할까, 무시해야 할까?

배려라는 단어를 생각하면 동전의 뒷면에 있는 차별화, 또는 인센티브라는 단어가 떠오른다. 우리는 과거에 차별화를 싫어했는지 구세대들은 중국 음식점에 가서 통상 한 가지 메뉴로 통일하여 주문을 했고, 혼자 다른 음식을 시키면 눈치를 보던 시절도 있었다.

요즈음 많은 조직에서 평가를 통하여 기본급 이외의 성과급을 차등 지급한다. 물론 일부 조직에서는 차등 지급을 반대하여 평균으로 나누어 지급하는 편법을 사용하기도 한다. 민주주의 사회는 선의의 경쟁 사회이므로 계속 발전하기 위해서 인센티브는 반드시 필요한 제도다. 열심히 일하여 기여도가 높은 직원과 건성으로 일하는 직원은 언젠가 승급 심사 때가 되면 차별화가 되겠지만, 정기적으로 지급되는 보수에도 차별화하는 것이 합리적이다. 문제는 평가의 질이다. 사람이 하는 일이라 평가가 완벽하지는 못할 터인데 차별화와 배려 사이에는 항상 고민이 생긴다. 좋은 아이디어가 없을까?

육군 신병 훈련소에서 한여름 폭염 기간에는 훈련병들을 배려하는 차원에서 낮 훈련을 줄이고, 상대적으로 덜 더운 새벽이나 저녁에 훈련을 실시한다고 한다. 이러한 배려가 건강과 훈련 효과 측면에서는 좋은 시도로 보이지만, 훈련이란 열악한 환경에서도 진행되는 실전을 대비한다는 측면에서는 배려가 필요한지 의문이 생긴다.

운동 삼아 자전거 타고 한강 다리를 건너다 보면 다리 중간에 버려진 듯이 보이는 전동 킥 보드를 종종 발견할 수 있다. 처음에는 지자체에서 한강 다리를 걸어 건너는 사람들을 배려한 것으로 생각했는데, 알고 보니 운영 업체가 영업 차원에서 일부러 갖다 놓은 것이라 한다.

정직하면 손해 본다?

우리나라에서 발생하는 전체 범죄 중 사기성 범죄가 차지하는 비율이 다른 나라의 경우보다 상대적으로 높다는 얘기가 있는데, 별도로 확인한 바는 없다. 그런데도 마음 한구석에는 그럴 수도 있겠구나 하는 생각이 들기도 한다. 사기성 범죄는 폭행, 살인이나 음주 운전 가해 사고처럼 현장에서 직접 상대에게 신체적 위해를 가하는 것은 아니지만, 양심을 팔고 속이는 행위로 남에게 오랫동안 경제적, 또는 정신적 피해를 줄 수도 있다.

중국 여행을 가면 술을 비롯하여 가짜 상품이 많으니 주의하라고 한다. 과거 우리나라도 국민의 먹거리에 불량 식품이 제법 있었다. 지금은 많이 나아진 듯한데, 명절의 성수기를 앞두고 원산지 표시 단속 장면을 보면 여전히 제대로 지켜지지 않은 곳이 꽤 적발된다. 하나의 사례에 불과하지만, 알면서도 원산지를 속여 국산으로 둔갑시키는 것은 양심을 속이는 것이고, 정직하지 않음으로써 본인은 이득을 취하고 불특정 소비자는 자신도 모르게 피해를 보는 것이다. 다단계 사기나 주가 조작, 경쟁자 음해나 법정에서의 진술 번복, 가격 정찰제 위반, 유통 기한 변조, 한탕주의 등 비양심이나 사기성 범죄에 관한 뉴스는 우리 주변에 자주 등장하며, TV 드라마 속에서도 거짓말로 속이는 모습이 종종 보인다.

정직이란 양심을 지키는 것이며, 사람과 사람 관계에서 기본적으로 지켜야 할 덕목이다. 원산지 속임 이외에도 주변에는 비양심적이고 지능적인 속임 형태의 사례가 많다. 교통사고로 병원에 입원하여 치료받았던 사람들은 겉모습은 장기 입원 환자인데 종종 옷을 갈아입고 외출도 하고 술도 마시며, 병실에서 고스톱 치면서 세월을 보내는, 소위 말하는 나이롱 환자들인 경우가 많다고 한다.

잊을 만하면 보물선 이야기가 등장한다. 역사적으로 그럴싸한 배경에 한두 가지 진실을 섞으면 금방 일확천금이 될 것 같아 투자자가 모이나 시간이 지나면 진도가 나가지 못하고 결국은 고소를 당하고 재판을 통하여 처벌을 받는 형태가 한 번씩 반복되어 나타난다. 사기 도박도 끊이지 않는다. 화투나 카드에 비밀 표시를 하거나 소형 카메라 등의 첨단 장비를 동원하기도 하며, 내기 골프에서는 신종 약물이 등장하기도 한다. 경제가 어렵고 취업이 잘 안 되는 시기에 항상 등장하는 고수익 보장 광고는 많은 사람을 유혹하지만 광고를 보고 찾아갔던 사람 중 결과에 만족했던 사람은 많지 않을 것이다. 어려운 시기에 쉽게 고수익이 보장된다면 본인들이 다 차지할 것이고 외부에 광고해야 할 이유가 없을 것이다. 투자자를 모집하는 기획 부동산도 비양심적인 곳이 많다고 한다. 부동산 전문가의 얘기로, 정말 큰 이익이 남을 것이 확실한 긴급 매물이 나오면 직접 구매하고, 이익이 꽤 예상되는 매물이 나오면 친척이나 지인에게 연락하고, 일반인에게는 일반적인 매물만 소개한다고 한다. 식당에 가면 음식물을 재활용하지 않는다는 문구를 볼 수 있고 어떤 곳은 주방이 다 보이게 공개하는 곳도 있는데, 이런 모습은 다른 곳에서는 여전히 잔반 재활용이 많다는 반증처럼 보인다.

코로나19가 발생하여 클럽 출입 시, QR 코드 시행 이전에, 명단과 전화번호를 자발적으로 적게 하던 시절, 확진자가 발생하여 추적 조사를 해보니 어떤 곳은 출입자 명단 중 무려 40%가 허위 기재로 판명되었다고 한다. 보이스 피싱은 끊임없이 발생하며 코로나 지원금 관련 금융 사기도 극성이고, 학벌의 속임은 선거철 입후보자의 소개 자료뿐만 아니라 알려진 유명인의 경우에도 종종 등장한다.

집을 리모델링할 경우 믿을 수 있는 업자를 수소문하여 찾는다. 많은 수리 업자들을 믿지 못한다는 뜻이다. 리모델링에 대하여 공급자와 수요자 간에 사전 협의를 통하여 재료나 색상, 크기, 제품명 등 세부적으로 합의를 하면 상호 불만족이 줄어들 것인데, 사전 합의는 정상적으로 대충 해놓고 부탁과 양심과 성의 문제로 몰고 가는 우리의 관행이 갈등을 발생시키는 것 같다.

가짜 뉴스도 많다. 언론이 심하게 정부 통제를 받던 시절, 유비 통신이 있었다. 유비 통신이란 가짜 뉴스를 뜻하는 유언비어를 뜻하는데, 정부가 언론을 통제하여 많은 진실, 주로 특정 세력이나 정부가 잘못한 부분을 감추다 보니 유비 통신이 오히려 많은 진실을 전달했던 것이다. 공식 발표와 유언비어가 서로 섞여 있어서 어느 것이 진실인지 모르는 시절을 겪고 나니 모두에게 혼란이 왔고, 선거철만 되면 다양한 유언비어와 가짜 뉴스가 판을 치고 있다. 어떤 사안은 선거 결과에 영향을 미치고 난 후에야 처벌을 받았고, 어떤 사안은 뭐가 뭔지 모르는 상태로 지나간다.

지금도 인터넷상에 가짜 뉴스가 넘치고 있다. 요즈음 유행하는 유튜브 내용도 진실과 달리 정직하게 표현되지 않는 내용이 많다. 받아들이는 사람이, 사고가 유연하지 못하고 생각이 굳어져 진실 여부를 떠나 믿고 싶은 것만 받아들이게 되면 왜곡된 내용이 빠르게 전파된다. 그럴수록 비양심적인 의도를 갖고 유튜브를 만든 사람의 수익은 더 올라가게 된다. 특히 이념이나 정치 분야에서 양심을 속이거나 정직하지 않은 사례가 더 많은 것 같다. 뭔가 의도가 있기 때문이다. 모르고, 혹은 실수로 행하는 것보다 나쁜 의도가 담겨 있다면 죄는 더 크다.

개인이 만드는 유튜브를 제외하고도 끊임없이 등장하는 로또에 관한 가짜 소문도 있다. 로또를 사면 6개의 숫자를 선택하게 한다. 번호 1, 2, 3, 4, 5, 6이나 40, 41, 42, 43, 44, 45를 찍으면 도저히 일등으로 당첨될 확률이 없을 것 같고, 번호 4, 12, 25, 33, 37, 41은 혹시나 일등으로 당첨될 것 같아서 선택하지만, 당첨될 확률은 3가지 모두 동일하다. 더 사실적으로 표현하면 당첨 안 되고 천 원을 날릴 확률이 똑같다는 말이다. 확률 게임 이상도 이하도 아니다.

로또를 사는 사람이 많아지면 많아질수록 정부와 판매자 수익은 비례하여 오른다. 인터넷에는 당첨 번호가 사전 누출되었다거나 당첨 번호를 유상으로 제공한다는 제목의 글이 많다. 모두 광고성 글이므로 진실이 아니다. 로또의 일등 당첨자는 매주 여러 명이 발표되어 십억 원 이상씩 가져가는데, 몇 장을 사도 계속 당첨이 안 되니 의구심을 가지는 국민들이 많겠지만, 일등 당첨자가 매주 수명씩 나온다는 얘기는 그만큼 사는 사람이 상상 이상으로 많다는 얘기다.

2019년의 경우 우리나라 로또 판매 총액은 4조 3천억 원으로 성인 1인당 연평균 10만 원 수준이다. 상대적인 약자가 주로 로또를 구입하기 때문에 말리고 싶지만, 매주 조용히 생기는 판매 수익이 아주 많은데 나서서 말릴 정부는 없다. 당첨 번호 예측이니 번호 유출이니 하는 내용에 대하여 조심하라는 한국 소비자보호원의 주의보가 수시로 나가도 가짜 뉴스는 사라지지 않는다. 상품이나 아파트 분양에 대한 과장 광고는 가끔 문제가 되는데, 로또에 대한 가짜 뉴스가 광고인지도 모르게 인터넷에 상시 게시되고 있는데도 정부 기관이 조심하라고만 하는 것은 이해할 수가 없다. 친구 중 한 사람은 로또 가짜 뉴스가 계속 보이는 우리 인터넷 바탕 화면이 보기 싫어 외국 웹 사이트 바탕 화면으로 바꾸어 버렸단다. 일등 예측 번호를 안다면 누가 그 번호를 남에게 주겠나?

미국 국방대학교 사업 관리 최고위 교육 과정 교재에, 어떤 조직이나 사업의 책임자가 가져야 할 덕목 24가지가 나와 있는데, 첫 번째가 정직이다. Be Honest. 충격이다! 민주주의나 법치주의 역사가 우리보다 훨씬 오래된 미국도 정직? 어느 나라나 유사한가 보다. 다만 높은 지위의 큰 책임이 있는 지위에 갈수록 더욱 엄하게 정직해야 한다는 사실은 변함이 없을 것이다.

길 가다가 담배를 피우는 흡연자들은 주변에 재떨이가 없을 때 꽁초를 비벼 작게 부수어 아무 데나 그냥 길에 버리거나 하수도 또는 하수구 덮개 틈으로 던져 넣는다. 이렇게 하면 서양에서는 단속 대상이 된다. 남몰래 안 버린 듯 하수구에 버리지 말고 도로 청소차가 쓸어갈 수 있도록 꽁초 그대로 도로 위에 버리도록 요구한다. 한편 금융이나 토지, 고수익 등의 사기에 걸리는 사람은 쉽게 돈을 벌 수 있다거나 불로소득을 기대하는 욕심을 마음속에 가지고 있었기 때문이 아닐까 하는 생각도 든다. 외국인들마저 우리 국민을 속여 사기로 돈을 갈취해 가는 경우가 많다.

우리나라에는 옛날부터 노인, 상인, 처녀가 하는 3대 거짓말은 괜찮다는 말이 있다. 우리나라는 거짓말을 해도 감성적으로 이해가 되면 일부는 포용하거나 속임에 넘어가는 문화가 배어 있는지도 모른다. 위기의 순간에는 솔직함이 최고라고 하는데, 우리나라는 정말 정직하면 손해 보는 나라인가?

준법 투쟁?

시장에서 길을 가다가 두 사람이 큰 소리로 싸우는 장면을 잠시 목격하게 되었다. 뭔가 서로 이해관계가 상충된 모양이다. 그런데 한 사람이 소리치기를 "법대로 해라 이××야."였다. 법法대로 해라? 자세한 싸움 상황은 모르겠으나 말의 의미를 해석해 보면 고소나 고발 등 법의 심판으로 가고자 하는 것이 비난이나 욕설의 의미로 들려오는 것 같다. 법은 누구나 공통으로 지켜야 하고 문제가 생기면 법에 따라 판단하는 것이 당연한 것 아닌가? 우리나라에서는 법이 가끔 나쁜 의미를 가지고 있는 것 같은 인상도 풍긴다.

서울 지하철의 준법 투쟁? 이건 또 무슨 뜻이지? 법을 지키는 것이 투쟁이란 말인가? 그렇다면 평소에 법을 지키지 않는 것이 정상이란 뜻인가? 도무지 이해가 되지 않는다. 만약에 법이 없다면 우리나라는 어떻게 될까? 지금은 많이 희석되었지만 다소 가부장적, 유교적 문화가 남아있는 우리나라는 그래도 스승이 있고, 선배가 있고, 형이 있고, 친인척 관계가 어느 정도 작용하기 때문에 그냥 무너지지는 않을 것처럼 보인다. 그런데 미국처럼 다양한 국가에서 이민 온 여러 민족으로 이루어진, 총기 소지가 허용되는 나라에서는 법이 없다면 하루아침에 무법천지가 될 수도 있다는 생각이 들기도 한다.

법은 어떤 국가에서나 사람들이 공통으로 지켜야 할 규칙, 또는 국가 권력에 의하여 강제되는 사회 규범이라고 정의되어 있으며, 법에 따라 다스려지는 나라를 법치 국가라고 한다. 따라서 모든 국민은 법을 지켜야 하며, 지키지 않을 경우에는 법에 규정된 대로 처벌을 받아야 한다. 그렇지만 '법대로 해라', '준법 투쟁' 등의 상용 어구에서 느끼는 바와 같이 우리나라에서는 법이란 지키기는 해야 하는데, 꼭 지킬 필요는 없고, 어떤 경우는 지키기가 어렵고, 어기더라도 감성적으로 이해가 되면 큰 문제가 안 되기도 하는, 이런 상황이 종종 발생하는 것 같다.

나이 든 사람들의 얘기 중에, 옛날 남의 집 수박이나 닭을 훔쳐 먹던 수박 서리, 닭서리 얘기가 있는데, 수박밭에 수박은 많고 닭장에 닭은 많으니 남의 것이지만 배고플 때 한 개쯤 절도하는 것을 범죄로 인식하지 않았고, 오히려 무용담으로 생각했던 것 같다.

지켜야 할 법이나 규정 준수에 대한 우리의 현실을 보면 법에 대한 우리의 인식을 알 수 있는 사례가 주변에 많다. 운전하여 고속도로를 달리다 보면 과속을 촬영하는 카메라와 구간 과속 단속을 하는 곳이 종종 보인다. 그런데 운전자의 대부분은 특정 지역에서만 규정을 지키고, 카메라가 보지 않는 구간에서는 당연한 듯이 과속을 한다. 큰 아파트 단지나 대형 쇼핑몰에 가면, 준공 때 주차장으로 승인된 지역을 계속하여 주차장으로만 사용하고 있는 곳은 많지 않다. 물건을 오랫동안 쌓아 두거나 청소 도구가 차지하는 등 평소에 뭔가 다른 용도로 일부 사용하다가 점검 기간에는 치우기도 한다. 소방 점검 시에는 문제가 없었는데, 화재가 발생할 때마다 비상구는 왜 꼭 잠겨 있거나 물건으로 막혀 있는지? 야생 동물 보호법에 따라 대부분의 지역에서 올무로 야생 동물을 잡지 못하게 되어 있는데, 매년 단속반이 찾아내는 올무만 해도 상당한데 감춰진 올무는 얼마나 많을까?

오래전에 좀 낡은 도선을 타고 바다로 나갈 때 습관적으로 배 전체를 둘러보다가 비상시 사용하는 구명 뗏목 상자를 묶은 줄을 보니 한 번도 점검하지 않아 녹슬어 선박 침몰 등 비상시 제대로 작동될 것 같지 않을 것 같다는 생각이 들었다. 국유지를 불법 점유하고 작물을 경작하는 경우도 많고, 해양 쓰레기를 수거해 보면 자동차 타이어, 냉장고 등 몰래 불법으로 버린 것들이 많다. 최근 거문도 갯바위에는 낚시꾼들이 훼손한 바위와 버린 쓰레기로 지자체가 복구와 수거에 어려움이 크다며 관광객이 오는 것이 반갑지 않다고 한다. 폭우가 오거나 장마가 지면 그동안 모아 두었던 오염 물질을 몰래 배출하여 물고기가 떼죽음을 당한 후에야 적발되는 경우도 많다. 우리나라 자영업자 중 세금을 원칙 그대로 신고하는 사람이 몇 %가 되는지 궁금하다.

우리나라는 국민적 합의에 의한 약속인 법에 대하여 가끔 법이 강자의 편이란 생각을 하고 있고, 재판에서 정상이 참작되는 것 때문에 이성적이고 합리적으로 해석되어야 할 법이 다소 감성적으로 해석되는 느낌을 지울 수가 없다.

같은 죄를 지어도 생계형이라는 허울을 쓰면 금방 동정이 답지하고, 가끔은 장발장이 되기도 한다. 죄와 배고픔은 합칠 것이 아니고 별개로 판단해야 하는 것 아닌가? 그러기에 가끔은 이런 현실을 악용하여 진실을 감추고 감성팔이를 통하여 동정을 사서 처벌을 면하려고 하는 사람들도 있다.

코로나19로 택배 업무가 폭증하자 오토바이를 이용한 배달 업무가 시간을 다투게 되었고, 사고로부터 보험 적용도 어렵고 약자들의 고된 업무라고 매스컴에서 전하자 그때부터 배달 오토바이는 사거리에서나 보행자 신호등에서나 교통 신호를 안 지키는 권한을 가진 듯 행동하는 경우도 많다.

나랏돈은 눈먼 돈이라는 얘기도 있다. 정부의 융자금이나 정책 자금을 기한이 조금 지나서 갚으면 약간의 가산 금액이나 이자를 더하여 갚아야 하지만, 오랫동안 갚지 않으면 개인 회생 차원에서 언젠가는 정부가 탕감해 주기도 하는 것이 사유가 아닌가 생각된다. 요령이나 편법, 불법 같은 단어가 주변에서 사라지게 하려면 정부의 노력도 필요하다.

재판 준비 과정에서 변호사는 형사 피고인에게 반성문 작성, 봉사 활동, 기부 약속 등 정상 참작에 영향을 줄 수 있는 다양한 실적을 요구하는데, 과연 재판 결과가 나온 후, 지은 죄를 반성하고 약속한 것을 진심으로 행하는 피의자가 몇이나 될까? 재판정에서 판사가 형사 피의자가 제출한 반성문을 보고 이것도 반성문이냐고 호통을 쳤다는데, 제출이 끝난 반성문 자체는 판결에 참조만 하면 되지 내용을 가지고 호통을 치는 것은 또 무엇인가?

법에 따라 공권력을 집행하는 과정에서도 많은 평범한 국민이 불편을 느끼더라도, 혹시 과잉 진압이나 인권 탄압으로 처벌받을 것이 두려워 불법 행위를 제대로 단속하지 못하는 경우도 많다.

지자체 공무원들이 악성 민원에 대처하는 모의 훈련을 한다고 발표되었다. 공무원들이 사명감을 가지고 업무를 잘해야 하겠지만, 공권력에 불법적으로 도전하는 것은 다소 강하게 처벌해야 법의 기강이 서지 않을까? 술 마시고 경찰서에서 행패를 부리는 사람을 인권 때문에 강제 제압을 못 한다면 강력범은 어떻게 잡나? 미국과 한국에서 동시에 기소된 피의자가 꼭 우리나라에서 재판을 받도록 해달라고 요청하는 것으로 보면, 우리나라는 죄지은 사람에 대한 처벌이 많이 느슨한 모양이다. 자녀 부양 의무를 소홀히 한 한쪽의 부모에게 매월 일정 금액을 지불하라고 최종 판결을 해도 지키지 않는다. 소위 말하는 BJR(배째라)식이다. 그러면 또 다른 소송을 해야 하고 소송 비용과 변호사 비용이 추가된다.

코로나19 극복 과정에서도 우리 국민의 법의식에 대한 특성이 보인다. 법이나 규정, 제도를 공표하고 안 지키면 합당한 조치를 취하면 될 듯한데, 미준수에 대한 조치나 처벌은 별로 없고, 다수 국민을 상대로 계속 요구, 계몽, 호소를 하고 있다. 의료진 피로감을 언급하는 등 감성적 호소에 의존하기보다 규정이나 원칙을 강조해야 하는 것 아닌가?

우리는 법에 대하여 더 현실적이고, 이성적이고 합리적으로 판단

국가와 국민, 조직에 대한 생각

하고 공평하게 집행되도록 노력해야 하지 않을까? 우리는 법이나 규정을 제대로 지키지 않아 발생하는 대형 인명 사고를 종종 인지하게 된다. 그때마다 피해자 가족은 거칠게 항의하면서 인재라고 주장하고, 정부는 고위층이 영결식장에 조문을 가서 사과하고 재발 방지 대책을 발표하는데, 이후에는 유사한 사고가 예방되어 반복적으로 발생하지 않는다는 보장이 있을까? 우리나라에서 법을 지키는 의미의 준법이 더 이상 투쟁이 아닌 나라가 되었으면 하는 기대를 한다면 아직은 시기상조인가?

정치의 수준, 국민의 수준

선거철이 되면 종종 정치 혐오라는 단어가 매스컴에 등장할 때가 있다. 정치란 나라를 바르게 다스리는 일인데, 나라의 미래를 생각하고 국민들에게 기쁨과 즐거움을 주어야 하는 것이 아닌가? 그런데 국민이 직접 선택한 정치가가 하는 정치가 혐오 수준이면 그런 사람을 뽑은 우리 국민의 수준이 혐오 수준 아닌가? 아니면 국민은 일류인데 정치만 삼류 수준인가?

우리나라는 1980년대 초에 대통령을 국민의 손으로 직접 뽑지 못하던 시절이 있었다. 대통령 선거는 국민이 선발한 대통령 선거인단만 체육관에 모여 대통령을 뽑는 간접 선거로, 체육관 선거라는 별칭이 있었다. 국민들이 누구를 뽑아도 체육관에 가면 특정인을 찍을 것이 뻔한 선거인단 후보 중 누구를 대표로 체육관으로 보내느냐를 결정할 뿐이었다. 따라서 당시 국민들 대다수는 투표에 관심이 적었기 때문에, 집권층은 당선의 명분을 쌓기 위하여 어떻게든 선거인단 투표 참여율을 높이려고 설득, 회유 등을 했던 기억이 생생하다.

지금과 같은 5년 단임제의 대통령 직선제는 1987년에 국민투표에 의한 헌법 개정으로 이루어졌다. 직선제 개헌 직후 실시된 최초의 선거에서 대통령으로 당선되었던 사람은, 우리 모두가 아는 바와 같이 퇴임 후 과거 쿠데타 경력으로 법정에서 징역형을 받았다. 이와 관련된 사실적 정황은 모두 알려져 있고 이해가 되는데, 아직 이해가 쉽게 안 되는 부분이 한 가지 남아 있다. 대통령이 임기 중에 헌법과 법률에 어긋나는 행위를 했다면, 임기 중 탄핵도 가능하고 임기 후 처벌도 가능하다. 그런데 임기 전의 일로 임기 후에 처벌받은 사례는 흔하지 않다. 징역형을 받을 정도로 전 국민이 알 만한, 법에 어긋나는 나쁜 일을 선거 전에 저질렀으면, 국민의 자유의사에 따라 뽑는 직선제 선거에서 수준 높은 국민들이 낙선시켰어야 하는 것 아닌가?

덴마크를 비롯한 북유럽 정치나 지방 자치를 보면 우리와는 큰 차이를 볼 수 있다. 정치인들의 보수나 대우, 나이, 업무, 사무실 크기, 보좌관 수 등등 우리와 너무 많이 달라서 일일이 언급할 수가 없고, 우리의 모습을 북유럽에 비춰보면 조금 창피하기도 한데, 혹시 혼자만의 느낌인지도 모른다. 우리는 지금 왜 북유럽 정치인 같은 사람이 안 보이는지 모르겠다. 아니 옛날에는 소외 계층과 같이 살면서 그들의 어려움을 현지에서 같이 해결하려고 했던 국회의원이 한두 명은 있었던 것으로 기억되는데, 최근의 우리 정치 상황은 세월이 갈수록 악화되는 느낌이 든다. 지연, 혈연, 학연이 사라진 것 같지가 않고, 국민들의 편 가르기, 흑백 논리, 무조건적인 찬성과 반대, 남 탓, 내로남불, 국회 파행 등 나라의 미래를 생각은 하는지 의문스럽고, 법안 발의 등 의정 활동도 내부를 들여다보면 한심한 것이 많다. 그렇지만 누가 누구를 비난할 수가 없다. 우리가 자유의사에 따라 직접 선거로 뽑은 사람들인데….

2020년 4·15 총선, 비례대표 투표용지에 등장한 정당의 수는? 35 개? 37개? 투표용지를 말면 제법 굵은 두루마리가 된다. 다른 나라에서 볼까 봐 좀 창피하기도 하다. 어떤 당인지, 무슨 당인지, 정당이름을 다 파악할 수가 없다. 해방 직후 신탁통치 찬반 논란의 혼란속에서 정당이 우후죽순처럼 등장했던 시절을 연상케 한다.

우리는 정권이 바뀔 때마다 정당의 이름이 많이 바뀐다. 과거에 뭔가 큰 잘못을 저질렀거나 국민들로부터 지지를 받지 못했기 때문일것이다. 새 정당을 등록할 경우 과거와 똑같은 정당명을 사용할 수없을 것인데 당명을 어떻게 작명하는지 궁금하기도 하다. 문명의 발전에 발맞추어 정당의 이름도 계속 변화와 혁신을 해야 하나? 어떤나라는 보수당/노동당, 공화당/민주당 이렇게 두 당 이름만 가지고도 수십 년 동안 선진국 대열에 있는 것은 혁신이 부족한 것인가?

총선을 앞두고는 정부와 매스컴에서 투표 참여를 촉구하면서 정책을 꼼꼼히 살펴보고 찍어라 한다. 판단은 국민의 몫이라고. 맞아, 판단의 결과는 국민이 책임져야 하니까. 그런데 국민들은 과연 각 정당과 입후보자들의 공약이 어느 정도 실현 가능성이 있으며, 유권자의 표를 모으기보다는 국가와 국민의 장래를 걱정하여 만든 공약이얼마나 되는지 파악은 하고 찍을까? 우리나라에서 기존 고정 관념을버리고, 그야말로 새로 나온 정책을 중심으로 선택을 하는 유권자가얼마나 되는지 궁금하다.

국가와 국민, 조직에 대한 생각

이렇게 당선된 국회의원들은 입법 자료를 준비하기 위하여 해외 사례 조사 차 보좌진들과 단체로 종종 해외 출장을 간다. 국가 예산으로 해외 출장을 갔다 오면 반드시 출장 결과 보고서를 쓰게 되어 있다. 가끔 방산 비리로 지탄을 받는 국방 분야 종사자들은 출장 가기 전에 출장 일정과 수행 예정 업무, 접촉 인물 등에 대한 철저한 사전 심의를 통하여 계획이 부실하면 출장 승인을 받을 수가 없고, 출장 후에는 결과 보고를 공개적으로 해야 하며, 출장 후 작성 한 결과 보고서는 상당 기간 보관한다. 그런데 알려진 국회 출장 일정을 보면 상당수가 관광 목적으로 보이고, 출장 보고서는 현지에 가지 않고 인터넷으로 검색하거나 메일로 의견 교환만 해도 충분히 작성 가능한 내용이 대부분이며, 어떤 부분은 다른 보고서를 복사한 것이라고 발표되고 있다. 사실이라면 확보된 해외 출장 예산은 기획재정부에 반납하고, 차라리 출장 목적을 관광이나 홍보로 바꾸고 문화관광부 예산을 지원받아 떳떳하게 갔다 오는 것이 낫지 않을까?

지방 자치 단체의 경우도 크게 다르지 않아 보인다. 북유럽 나라에서는 지자체장이나 의원들이 낮은 보수를 받고, 자전거 타고 다니면서 봉사 수준의 업무를 하는 경우도 많다. 우리도 지방 자치 단체의 장이나 지자체 의회 의원 자리를 봉사하는 자리라고 한다. 그런데 선거철에 보면 봉사하는 자리를 놓고 서로 비난하고 당선되기 위하여 수단 방법을 가리지 않는 것을 보면 봉사를 넘어 뭔가 큰 명예나 이권이 달려 있는 것으로 보인다.

살고 있는 아파트 단지 대표자 회의 감사 자리의 선거에서도 재미 있는 상황을 목격하였다. 현관에 붙어 있는 선거 공고문에 두 명이 출마한 사실을 알고 투표장에 가서 신분을 확인하고 투표용지를 받아 보니, 출마자 한 명의 이름이 적힌 노란색 투표용지와 다른 출마자 이름이 적힌 파란색 투표용지 두 개가 있고, 투표함도 노란색 투표함과 파란색 투표함 두 개다. 두 명 중 한 명 뽑는 선거가 아니냐고 물었더니, 감사가 두 명 필요한데 출마자가 두 명밖에 없어 찬반 투표를 진행한다고 했다. 투표하러 온 입주자 대다수가 다시 하라고 항의하는 일이 벌어졌다. 꼭 북한 인민회의 대의원 찬반 투표를 보는 듯했다. 불가피한 사유는 있겠지만 정치권이 아닌 곳에서도 일반인들이 이해하기 어려운 일들이 현실에서 벌어지고 있다.

선거철이 되면 경험 많고 노련한 입후보자들은 유권자의 표심을 향하여 호소하기를 유권자인 국민은 일류인데 정치는 삼류라면서 이제는 정치도 삼류 정치를 바꾸고 일류로 끌어 올리겠다고 한다. 이런 후보자는 평소에 국민을 일류로 이해하고 있을까? 선거철마다 등장하는 지역 편중 현상, 비방, 고발, 가짜 뉴스 등과 우리가 선택한 당선자들의 의정 활동을 보면, 직접 선거 제도하에서 정치의 수준과 국민의 수준은 다를 수가 없다는 결론에 도달하게 되고, 노련한 정치가 일수록 국민의 수준을 제대로 파악하고 이용하고 있구나 하는 생각이 든다.

다수결이 최선인가?

어떤 조직이나 집단이건 어떤 사안에 대하여 논쟁을 하다가 무엇인가를 결정해야 하는 방법에는 여러 가지가 있는데, 민주주의 사회에서 가장 보편적으로 사용되는 방법이 다수결이다. 다수결은 표결을 통하여 가장 많은 구성원이 찬성하는 쪽으로 결정하는 방법인데, 1차로 끝낼 수도 있고, 1차에서 과반수가 나오지 않으면 2차 표결을 할 경우도 있다. 물론 기업의 주주 총회에서 의결 시에는 참석자의 표결권은 참석자 수가 아니라 보유한 주식의 수에 따라 달라진다. 추기경단이 모여 교황을 선출하는 모임인 콘클라베Conclave는 추기경단 모두의 투표로 진행하지만, 결론이 나올 때까지 계속 투표하는 아주 독특한 결정 방식으로 유명하다. 누군가 일방적으로 결정하는 방법도 있다.

작은 회사에서 구매나 투자 방향을 협의하다가 가끔은 내부의 다수 의견을 무시하고 사장이 혼자 결정해 버리는 경우도 있다. 일방적으로 결정했다고 무조건 잘못되었다거나 미흡한 결정이라고 볼 수는 없다. 모든 결정에는 책임이 따르기 때문에 다수결에 의하여 결정된 사안에 대해서는 조직 전체가 책임을 져야 하고, 사장이 혼자 결정한 사안에 대해서는 사장이 책임지면 된다. 따라서 직원들의 의견을 따르지 않고 사장이 독단적으로 결정하더라도 갑질로 볼 수는 없다.

관계자 모두가 하나로 의견이 모이는 만장일치로 결정된 사안은 문제가 없는가? 북한의 국가 공식 명칭은 '조선민주주의 인민공화국'이다. 따라서 민주주의를 표방하며 시행하는 국가의 중요한 정책이나 인민 대의원 선출은 구성원들의 투표에 의하여 결정된다. 북한의 공식 발표 하나를 예를 들면, 제10기 대의원 선거의 투표율은 99.85%, 찬성은 100%이다. 매번 만장일치 수준의 의사 결정인데, 과연 북한 주민 전체의 자유의사가 제대로 반영되었다고 볼 수 있을까?

큰 조직의 장은 주변에 고문이나 자문단을 두기도 한다. 고문이나 자문단은 통상 공개경쟁을 통하여 선발되지 않으므로 그 조직이나 장의 성향에 맞는 사람들이 차지하는 경우가 대부분이다. 그런 고문이나 자문단은 어떤 사안이나 정책에 대하여 대체로 장의 의견에 지지를 표명할 가능성이 높고, 반대 의견을 개진할 가능성은 낮다. 자문단은 외부에서 전체 상황을 보고 그 조직이 미처 보지 못한 분야를 생각해야 하는데, 결정된 사안에 대한 이해와 지지만 한다면 장의 결정은 돋보일지 모르지만, 자문을 안 받은 것과 같다. 같은 성향을 가진 부류만 모아 놓으면 어떤 사안에 대하여 의견 일치에 쉽게 도달할 수 있을 것인데, 그 결과가 합리적이라고 주장할 수 있을지는 의문이다.

우리는 대립하는 두 가지 사안에 대하여 가끔 끝장 토론을 제안하는 경우를 본다. 정치적 또는 정책적 사안에 대하여 서로 반대 견해를 가진 두 사람이 나와서 토론을 하면 물론 둘 사이에 결론은 안 나지만 유권자나 시청자는 어느 쪽 견해가 더 적절한지 대략 판단이 서는데, 사안보다도 출연자의 능력에 좌우되는 경우가 많다. 다소 기술적인 문제, 예를 들면 해양 사고 원인과 관련하여 견해가 다른 두 사람이 토론하는 경우에는, 토론자의 전문성이 결론 유도나 시청자 판단에 아주 중요한 역할을 한다. 전문가 한 명이 전문성이 부족한 다수를 제압할 수도 있고, 전문성이 다소 부족한 두 명이 토론에 참여한 경우, 문제의 핵심에 접근을 못 하고 오랜 시간 겉만 맴도는 경우도 있었다.

여론이란 무엇인가? 구성원 다수가 가지고 있는 생각이나 의견이다. 다수결과 일맥상통하는 뜻이다. 여론이나 다수결 원칙은 민주주의 국가에서 매우 중요한 역할을 하는 것은 사실이지만 사전에 의도를 가지면 악용 또는 호도될 가능성도 배제할 수 없다.

기업에 취직한 직원은 통상적으로 승진할 때마다 봉급이 올라가는데, 임원이 되면 많은 대우가 달라지고, 물론 봉급도 점프를 한다. 그렇지만 임원은 소수라서 회사원 전체가 임원이 될 수는 없다. 만약 회사의 경영 사정이 나빠져 봉급 구조 개편이 필요하다는 전제하에 임원의 봉급을 줄이고 평사원의 봉급은 소폭 인상 또는 유지하자는 안을 회사 전체 직원 투표에 회부하면 결과는 어떻게 나올까? 다수결 원칙으로 하면 가결될 것이 틀림없다. 임원은 나중에 될 수도, 안 될 수도 있고, 임원으로 승진하더라도 봉급을 많이 받는 것은 미래 얘기이고, 지금의 봉급 인상이 즐거운 평사원이 대다수일 테니까. 만약 우리나라에서 국회의원의 봉급과 수당을 삭감하자는 안에 대하여 여론조사를 하거나 전 국민 투표를 한다면 결과가 어떻게 나올까? 절대다수의 찬성을 얻어 삭감으로 쉽게 결정될 것이다.

민주 사회인데 무조건 여론이나 다수결을 따라야 하나, 사안에 따라 차이를 두어야 하나? 따라야 하는 사안과 무시해도 되는 사안은 누가 결정하나? 이것도 다수결로?

다수가 찬성한다고 무조건 따라가면 안 된다. 청력이 아주 좋은 사람들과 청력이 나쁜 사람들이 같이 모여 TV를 시청하거나 음악을 감상할 경우, 소리 볼륨의 세기 때문에 논란이 크다면 다수결로 해결해야 하나? 단체의 장이나 조직의 책임자는 전체의 공익을 위한다는 자신만 있으면 다수의 뜻에 앞서서 문제를 확실히 파악하고 제도 보완, 보조 수단 사용, 설득 등 다양한 해결 방법을 모색해야 하고, 가끔은 혼자서 고독한 정책 결심을 해야 할 경우도 있을 것이다.

민주적 선거와 같이 반드시 다수결 원칙대로 결정해야 하는 사안은 많다. 그러나 여론 조사 결과 다수의 견해이거나 과반수가 동의했더라도 책임자는 정말 전체를 위한 결정인지 한 번 숙고한 후 결정해야 한다. 모든 결정에는 책임이 따르는데, 매번 다수의 핑계를 댈 수는 없다. 여론 조사는 단순한 질문이 아니라 실시하는 방법에 따라 다양한 결과를 유도할 수 있고, 국회의원 보수 삭감 투표처럼 다수가 찬성한다고 무조건 옳다고 볼 수는 없다. 요즈음 많이 활용되고 있는 국민 참여 청원 제도는 중요한 참고 자료인 것만은 확실한데, 신중히 다루어져야 한다. 세대 전체를 반영하는지, 종종 주관자들이 아전인수 격으로 해석하거나 왜곡하지는 않는지, 동원된 단체가 집중적으로 참여하는 것은 아닌지, 정반대 의견의 청원에도 유사한 수가 참여한 경우 어떻게 처리할 것인지 등을 검토하여 정치적 색깔은 지우고 국가의 미래와 공익을 위하는 방향으로 활용해야 할 것이다.

우리는 의사 결정을 통하여 국익과 정의를 실천하는 방향으로 가야 하는데, 국익과 정의도 보는 관점에 따라 다양한 모습으로 나타나기 때문에 최종 의사 결정자는 균형 감각을 가지고 냉철함을 잃지 말아야 한다. 과연 진정한 정의란 무엇인지 두 눈을 크게 뜨고 살펴보아야 한다.

국가적 자존심

2022년 카타르에서 개최될 예정인 축구 월드컵의 아시아 지역 2차 예선이 진행 중이고 우리나라 국가 대표팀 벤투호는 레바논, 북한, 스리랑카, 투르크메니스탄과 같이 H 그룹에 편성되어 있다. 2019년 10월 북한과의 원정 1차전이 평양에서 거행되었는데, 무관중 경기에 TV 실황 중계도 없었고, 북한 선수들은 그라운드에서 아주 거칠게 플레이하여 경기가 종종 중단되고 흐름이 끊겼다. 돌아온 우리 선수들 얘기로는 큰 부상당하지 않은 것이 다행이라고 했다.

북한은 국가 간의 축구 예선 국제 경기에 왜 이런 초유의 억지 사태를 유발했을까? 북한 내부 사정이야 있었겠지만, 그동안의 스포츠 경기나 교류를 통하여 쌓인 우리의 경험으로 판단해 보면, 현재 남북한 축구 국가 대표팀 실력으로 볼 때 남한이 우위에 있기 때문에, 북한이 자랑하는 평양의 김일성 경기장에 꽉 찬 인민 관중들이 보고 응원하는 가운데 지는 것은 피하고 싶고, 인민들이 그 사실을 실황으로 아는 것도 원하지 않았을 것으로 짐작된다. 전쟁에서 승패는 병가지상사이고 더군다나 스포츠 경기는 이기고 지고를 반복하는 것 아닌가? 전설적인 헤비급 복서, 복싱 황제로 불리는 무하마드 알리도 아마추어 시절에 5패, 프로 시절에 5패를 한 적이 있다. 북한은 다른 나라들과는 정상적으로 예선전을 치르면서, 왜 유독 동족이라고 하여 우리 민족끼리를 강조하면서 한국 팀에게 지는 것은 받아들이지 못할까? 우리끼리라고 하면서 원수 대하듯 한단 말인가? 운동에서는 그냥 평범한 상대 팀 아닌가?

북한의 스포츠계에서 코치나 선수로 활동하다가 탈북한 사람들의 회고를 들어 보면, 국제 경기에서 언제나 가장 껄끄러운 상대가 한국 선수라고 한다. 전체적 경기 스타일과 체격이 비슷한 면도 있겠지만, 졌을 경우의 부담감이 너무 커서 대진을 피할 수 있다면 무슨 수를 써서라도 피하고 싶은 심정이었다고 한다. 실제로 남한 선수한테 패했을 때 받는 불이익도 있었다고 진술하였다. 한국 팀에게 지는 것은 왜 참지 못할까? 국가의 자존심? 북한 지도자의 자존심? 시기심?

별이나 무지개처럼 멀리 있으면 무엇이든지 아름답게 보이지만 가까이 가면 아름다움은 사라진다. 밤에 아름답게 빛나는 달이나 화성도 표면에 착륙해 보면 물도 산소도 없는, 사람이 살 수 없는 황폐한 땅만 보인다.

인접한 나라들도 국민들은 형제처럼 생김새가 비슷하고 DNA 공통인자도 있을 것인데, 가까이 있기 때문에 오히려 서로 사이가 안 좋은 경우가 많다. 1969년에 북중미의 엘살바도르와 온두라스는 국민감정이 안 좋은 시기에 멕시코 월드컵 축구 지역 예선 경기가 도화선이 되어 전쟁까지 벌인 적이 있다. 지금은 좀 나아졌지만, 우리도 스포츠 경기에서 일본을 만나면 뭔가 기분이 달랐고 승부욕이 더 컸던 것은 사실이다. 그래서 한일전은 언제나 관심이 컸다. 과거 축구 월드컵 예선에서 후반전이 끝날 무렵의 골로 일본을 극적으로 누르고 우리의 본선행이 확정되었고, 일본이 오히려 탈락했던 장면은 우리 기억 속에 좋은 추억으로 오래 남아 있다. 유럽의 아일랜드는 스포츠 분야에서 영국에 게임이 안 되지만 시합이 열리면 투지가 솟는다고 한다.

북한이 한국에, 한국은 일본에, 아일랜드는 영국에 왜 유독 지기가 싫고 투지가 솟아날까? 국가적 자존심? 국민의 정서? 북한에서 보는 한국, 우리가 보는 일본, 아일랜드가 보는 영국의 공통점은 무엇일까? 아마도 상대적으로 강하거나 잘 살거나 과거에 피해를 주었거나 하는, 현재 또는 과거의 싫은 느낌, 또는 기억이 작용하는 것 같다. 그래서 다른 한편에서 보면 그런 자존심이 약간의 열등감이나 시기심과도 연관되어 있다는 느낌이 들기도 한다.

우리는 1960년대까지만 해도 경제력이 북한보다 열세에 있었는데, 수출 주도의 산업화로 경제력이 급속히 발전하여 1970년대 초에 역전하기 시작하여 현재는 국민 총생산에서 북한의 약 40배, 1인당 국민 소득에서 북한의 약 20배 정도로 격차가 벌어졌다. 그러니 같은 민족인 북한 입장에서는 자존심이 상할 수도 있을 것이다. 아일랜드는 과거 오랫동안 영국의 식민지 시절을 겪었고, 1800년대 큰 기근이 들었을 때 영국이 농산물을 수탈해 가는 바람에 많은 국민이 아사하거나 어쩔 수 없이 미국으로 이민을 가서 인구가 절반으로 줄어든 쓰라린 과거를 안고 있다. 우리나라는 과거 36년간 일본의 지배를 받았다고 하는데, 정확하게는 34년 11.5개월이다. 그 이전에도 역사적으로 보면 우리는 주변국을 괴롭힌 적은 거의 없고, 과거의 중국으로부터 여러 차례 침략을 받았고, 왜구로부터 약탈도 여러 차례 당했고 임진왜란도 겪었다. 가장 최근의 국난은 6·25 전쟁이다. 북한의 기습 남침으로 남한은 전쟁 초기 속수무책으로 밀렸으나 미국이 주도하는 UN군의 참전으로 버티다가 인천 상륙 작전으로 전세가 역전되어 북한군이 괴멸 직전까지 밀리게 된 시점에 중국이 참전하여 북한이 기사회생하였다. 이후에는 삼팔선 근처에서 약 2년간 일진일퇴를 거듭하다가 현재의 휴전선에서 종전이 되어 지금에 이르고 있다. 북한 입장에서는 미국만 아니었으면 적화 통일을 했을 것이고, 남한 입장에서는 중국만 아니었으면 한반도를 민주 국가로 통일했을 것이다.

지나간 100년 정도의 역사를 뒤돌아볼 때, 가까운 순서로 봐서 중국은 우리의 결정적인 통일을 방해한 나라, 북한은 우리를 침략한 나라, 일본은 남북한 모두를 약 35년간 지배한 나라이다. 그런데 우리는 북한의 침략을 받아 싸웠지만 남북한은 같은 민족이다. 중국은 6·25 전쟁 당시 우리의 평화 통일은 막았지만, 공군력 열세, 병참 지원 곤란, 인천 상륙 작전의 교훈으로 남한으로 무리하게 내려오지는 못했다. 그런데 일본은 우리를 오랫동안 지배하면서 자원 수탈, 징용, 위안부 등 오래 괴롭혀서 그런지 아직도 국민의 정서 속에 반일 감정은 많이 남아 있는 것 같다.
아일랜드가 보는 영국과 우리가 보는 일본의 공통적인 느낌은 무엇인가? 아마도 지배를 한 나라가 아직도 더 강한 것 같고, 과거의 피해

의식에 싫어함, 혐오감, 그리고 약간의 시기심이 작용하는 것 같다.

사실 일본은 19세기에 서양 문물을 일찍 받아들여 근대화를 이룩하였고, 미국을 침략하여 전쟁을 일으킬 정도로 강한 시절이 있었지만, 제2차 세계 대전의 패전으로 기간 시설이 많이 파괴되고 국민의 상당수가 죽거나 집을 잃어 어려운 처지로 전락했다. 그런데 공산주의 소련의 팽창을 견제하려는 미국의 도움으로 생존 노력을 하던 중에 한반도에 전쟁이 발발하고, 미군이 대규모로 참전함에 따라 일본이 후방의 병참 기지 역할을 할 수밖에 없는 상황이 되어 산업이 급속히 재건되었다. 이후 경제적으로 계속 발전하여 한때는 세계 2~3위 수준의 경제력을 가진 나라가 되었다. 그렇지만 유럽 연합 결성, 중국의 성장 속에 일본은 장기적인 경기 침체를 겪으면서 세계적인 위상이 위축되는 와중에 최근에는 야금야금 성장해 오는 한국에 대한 경계심을 드러내어 다양한 견제를 가해 오고 있다. 그런데 우리는 이 시점에서 일본이 경제적으로 우리보다 튼튼한 나라인지 냉정하게 살펴볼 필요가 있다.

OECD(경제협력개발기구) 공식 통계를 보자. 2018년 기준으로 국민 1인당 명목 GDP는 일본이 $39,186 한국이 $33,440으로 일본이 우리보다 약 20% 많은데, 인구가 약 1억 3천만 명 정도이니 국가 전체 경제력 면에서 우리보다 훨씬 우위에 있다. 그런데 물가와 환율이 고려된, 구매력 평가 기준 1인당 GDP는 두 나라가 근접하다가 2017년 한국이 $41,001 일본이 $40,885로 우리가 일본을 근소하게 앞지르기 시작했다. 2018년 자료를 보면 우리가 $42,136 일본이 $41,364이다. 그러니까 일본은 우리보다 전체 경제력은 크지만 국민 개인들의 경제력은 높게 볼 필요가 없는 대등한 수준이다.

일본과 관련된 잘못된 과거사는 당연히 바로잡아야 하지만, 너무 과거에 얽매여 반일만 외치지 말고 전체 상황을 극복할 방안을 찾아야 할 것이다. 코로나19를 대처하면서도 수시로 일본과 상대 비교할 필요가 없을 것 같다. 이제는 마음속에서도 일본의 굴레에서 벗어나 더 넓은 세상으로 나가야 하지 않을까?

북한도 남한을 시기하거나 자존심 타령할 필요가 없을 것으로 보인다. 핵무기를 포기하지 못하여 UN과 미국의 경제 제재를 받고 있어 어려운 상황인데, 유독 남한에 각종 항의성 행동을 하여 뭔가를 얻어내려 하고 있다. 분단국가라고 하지만 남북한은 엄연히 UN에 동시 가입한 별개의 나라이니 서로 상대국으로 존중하고 기본적인 국제적 관례Global Standard는 지켜야 하며, 우리도 그렇게 당당히 요구해야 할 것이다. 북한이 핵과 무력 도발을 포기한다면 동족 차원에서 남한의 큰 경제력으로 도움을 줄 수 있겠지만, 지금은 북한이 어떠한 개혁을 해서라도 경제력을 키우도록 스스로 노력해야 하지 않을까? 자국에서 개최된 월드컵 예선 남북한 경기의 파행적 운영이, FIFA(국제축구연맹)를 통하여 전 세계에 알려져 웃음거리가 되는 것을 각오하고라도, 무관중에 실황 중계 없이 거칠게 해야 할 정도로 패할 경우의 자존심 손상을 그렇게 심각하게 받아들여야 했나? 국가적 자존심이 북한 인민들 밥 먹여 주는 것도 아닌데….

국가의 책임, 개인의 책임

우리 한반도는 1945년 해방 후, 5년 만에 동족상잔의 비극인 6·25 전쟁을 겪고 남북한 모두 외세의 도움으로 무너지지 않고 살아남아 지금도 분단 속에 살아가고 있다. 전쟁 중에 국민 개인의 권리는 국가 존망의 위기 앞에 종종 생명까지 무시되기도 했다. 갑자기 군대에 징집당하기도 하고, 목숨을 잃거나 이산가족이 되기도 하고, 집이나 재산이 포화 속에 사라지기도 했으며, 북한 지역에 있던 전 재산을 포기하고 남한으로 내려온 피난민들도 많다. 우리는 전쟁의 폐허에서 출발하여 2020년 오늘날에는 G-20 국가 수준으로 눈부신 발전을 이룩하였다. 그러나 현재의 수준에 이르기까지 독재 정치, 한강의 기적, 수출 산업화, 민주화 투쟁 등 동전의 양면처럼 음양이 교차하는 많은 우여곡절을 겪었다. 때로는 국가로부터 인권이나 재산권을 침해당하더라도 보상이나 원상 복구를 요구하지도 못했으며, 고문이 자행되기도 했고, 예술 분야까지 창작성이 심각하게 침해당하기도 했다. 그러나 국민들의 지속적인 노력으로 민주화가 많이 달성되었고 개인의 인권도 큰 신장을 이루었다. 최근에는 인권 보장을 위한 다양한 제도가 정착되어 개인이나 약자의 권리가 많이 고양된 느낌이 든다.

그런데 최근에 와서 어떤 경우에는 국민 개인의 권리가 너무 강조되어 국가 공권력이 오히려 무시되거나 정부가 너무 많은 책임을 지는 느낌을 지울 수가 없는 것은 혼자만의 생각일까?

불심 검문이나 사건 용의자 체포 때 수상한 행동을 하면 현장에서 가끔 바로 사살해버리는 미국 경찰의 경우, 우리의 눈으로 보면 과잉진압으로 인식되기도 한다. 그러나 엄연히 법을 어기고 있고, 경찰이나 119 구급 요원한테 행패에 준하는 행동을 하는 경우에도 과잉진압이나 인권탄압 문제에 걸려들까 봐 공권력을 제대로 행사하지 못하는 경우를 보면 어디서부터 잘못되었는지 의아할 때가 많다. 옛날에는 약자들이 피해를 당해도 국가가 강자의 편에 서거나, 국민이 국가나 군이나 공무원의 잘못으로 피해를 보아도 적절한 배상을 안 해주는 경우도 종종 있었다. 이런 문화는 민주화 이후 지속적으로 개선되어 지금은 과거사에 대한 재해석이 많이 이루어졌고, 국가배상법도 많이 정비되었다. 최근에는 오히려 개인의 인권이 너무 강조되어 악용되는 경향까지 보여 좀 씁쓰레한 느낌이다.

노르웨이 트롤퉁가 같은 피오르Fjord 수직 절벽이나 미국의 그랜드 캐니언 절벽 근처에 서면 아래가 아찔하여 절벽 끝까지 가지 못하는 사람들이 대부분이다. 그런데도 간혹 부주의로 혹은 사진 촬영하다가 실족하는 경우가 있다. 수백 미터 이상 높이의 절벽에서 추락하면 즉사할 뿐만 아니라 시신을 수습하기도 쉽지는 않을 것이다. 그렇다면 추락 방지 가드 레일이나 로프, 아니면 적어도 위험 경고판이라도 크게 세워져 있어야 할 텐데, 그런 최소한의 안전 설비마저 자연 훼손이기 때문에 보이지 않는다. 어떤 곳에서는 방문자에게 위험이 있다는 사실을 고지하고 서명을 받기는 한다. 이런 곳을 방문했던 사람중 실족한 불행한 사고가 가끔 발생하기도 하는데, 국가가 충분한 안전 조치를 하지 않아 관광객의 안전을 소홀히 했다고 소송을 제기한경우를 들어보지 못했다. 관광 가이드북이나 입장 안내서에 위험성이 언급되어 있을 뿐 현장에서의 행동은 모두 개인 책임이기 때문이다.

운전을 하다 보면 도로의 파손된 부분이나 유실물, 결빙 구간, 아직 치워지지 않은 눈, 가로등 꺼진 어두운 밤길 등 사고 발생 위험이여러 곳에 도사리고 있으며 어두울 때 자전거를 타고 다니면 도로의턱이나 파인 부분을 특히 조심해야 한다. 일반 도로에 생긴 위험에대해서는 국가나 지자체가 국민들이 불편하지 않도록 사전에 대비하여야 한다. 산이 많은 우리나라 등산로 주변에 지금은 철재, 목재 계단이 많이 설치되어 있지만, 여전히 위험 요소는 많고 가끔 사고가발생하기도 하며 종종 헬기나 119 구급대가 출동하여 부상자를 구조하기도 한다. 닥터 헬기가 운용되는 것을 보면 우리나라는 국가가 책임을 많이 느끼고 국민의 인권이나 안전을 중시 여기고 있음을 느끼게 된다.

그런데 가끔 우리는 스스로 해야 할 의무와 지켜야 할 제도나 법은소홀히 하면서 국가 탓을 너무 많이 하는 것 아닌가 하는 생각이 든다. 오랫동안 국민으로서의 대접을 덜 받았다고 느껴서 그런지 정부나 지자체를 상대로 항의하거나 소송을 제기하는 하는 경우가 많아졌다. 정부나 공무원의 잘못으로 국민이 피해를 입었을 경우, 당연히 국가배상법에 의거 배상을 받아야 한다. 그렇지만 그 이전에 국민들 스스로가 법과 제도, 그리고 기본 상식에 따라 위험성을 줄이도록 더 노력해야 하지 않을까? 정부나 남 탓으로 돌리기 전에 우선 스스로 위험을 판단하는 능력을 더 키워야 하지 않을까? 요즈음은 국민 전체적으로 남 탓 풍토가 많아진 것 같다.

야외나 길에서 지나가는 사람을 대상으로 언론 인터뷰를 할 때 보면, "오게 되더라", "사게 되더라", "발길을 돌리게 되더라" 등의 얘기를 심심찮게 듣는다. 오고 사고 발길을 돌리는 것이 모두 자신이 스스로 결정하여 한 행동이며 나타나는 결과도 모두 본인 책임이거늘 본인도 모르게 주변 상황이 그렇게 만들었다는 뜻으로 들린다.

코로나19에 대한 대응을 보면 나라별로 책임을 느끼는 정도가 많이 다르다. 전염성이 아주 높은 코로나19의 경우, 정부가 앞장서서 큰 책임감을 가지고 방역을 주도하고 전파를 막아서 국민의 건강을 지켜야 하는 것은 당연하다. 그러나 방역 정책의 성공 실패 여부를 떠나서, 각 나라 정부의 시책이나 접근 방법은 차이가 크다. 유럽이나 미국은 상황이 아주 심각하게 보이는데도 정부의 초기 대응이 늦고, 사생활 보호가 중요하여 접촉자 추적이나 동선 공개는 꿈꿀 수도 없다. 개인들도 자유를 제한당하기를 싫어하며 마스크 쓰기도 철저하게 지키지 않고, 상황이 약간만 나아지면 정부가 이동이나 업무의 제한을 완화한다. 반면에 우리 정부는 검사, 추적, 격리, 확진자 동선 공개를 철저히 할 뿐만 아니라 지시, 계몽, 영업 제한 등을 열심히 하여 사태 전반에 대한 전적인 책임을 지는 것처럼 보인다. 정부 규제가 강한 우리나라, 대만, 중국 등에서 코로나19 확산이 덜한 것은 분명하다.

그런데 공원에 코로나19 예방 캠페인 플래카드가 아주 많고 어떤 플래카드에는 2m 눈금자를 그려 넣어 거리두기 기준까지 표시하고 있는 것을 보면 1970년대를 살고 있는 것 같은 느낌이 들면서 각 개인의 판단력이 저하되지 않을까 걱정된다. 러시아 외무 장관은 우리나라의 코로나19 대응 방식을 수직적이라고 표현하였다. 선진국이 될수록 개개인의 권리와 자유가 더 강조되면서 동시에 각자의 책임도 증가하는 것 같다. 요즈음 김수환 추기경께서 사회 운동으로 주장하던 '내 탓이오' 운동이 머릿속에 자주 떠오르는 것은 무슨 이유일까?

조직을 제대로 운영하려면?

어떤 대기업의 대졸 신입사원 채용 면접에서 한 응시자가 대담하게 그룹 전체의 미래 전략에 대하여 문제점을 지적한다면 면접 전형위원들은 응시자에 대하여 어떤 인상을 받을까? 황당함? 기특함? 촉망되는 미래? 어떠한 의견이라도 자유롭게 얘기할 기회가 주어졌다면 응시자는 눈에 어렴풋이 보이는 그룹 차원의 미래 전략에 대하여 언급할 수는 있다. 그런데 이 응시자가 만약 합격하여 회사에 신입으로 입사한 이후에도 계속 그룹 차원의 전략에 대하여 관심을 보인다면, 십중팔구 자신이 담당해야 할 일은 충실하게 하고 있지 않다고 보면 틀림없다.

우리나라 기업의 대부분은 조직 사회다. 구성원들이 대체로 평등한 역할을 하는 작은 규모의 팀Team과 차별화되는 큰 조직의 구성과 특성에 대해서는 군軍 조직을 보면 이해하기가 쉽다. 조직을 도형으로 표현하면 삼각형이나 피라미드에 가깝다. 최상부에 사장, 회장, 원장 또는 소장 등 1명의 조직 책임자가 있고, 아래에 소수의 중간 관리자 또는 부서장이 있고, 더 아래쪽에 다수의 실무자들이 있다. 조직 구성원의 수와 수행 사업이나 업무의 종류나 양에 따라 구성이 더 복잡할 수도 있겠지만 크게 보아 3단으로 분류할 수가 있을 것이다.

따라서 각자의 역할도 차이가 있다.

육군을 예로 들면, 장군은 전략과 전술 계획, 중간 지휘자는 전술 해석과 전투 지휘, 사병들은 전투를 잘해야 한다. 지휘와 명령 체계가 뚜렷하여 다소 경직되어 보이는 군 조직과 달리, 민간 조직은 유연하고 변화를 추구하며 권한이나 책임의 한계가 군 조직만큼 뚜렷하지는 않지만, 개략적으로 역할을 구분할 수가 있다. 조직의 장은 조직 전체를 관리해야 하는 관리자Manager 역할과 조직을 이끌어가는 리더Leader 역할을 동시에 해야 한다. 중간 관리자는 리더 역할과 관리자 역할, 그리고 실무자들의 업무 지원도 하여야 한다. 실무자는 자기 분야 업무에 우선적으로 전념해야 하고 중간 관리자의 관리 업무에도 보조적인 도움을 제공해야 한다. 관리자와 리더의 임무와 역할을 두부 자르듯이 구분할 수는 없으나 통상 관리자의 업무는 현황 유지 및 점검, 문제점 해결, 부하 직원 인사관리, 비용이나 예산 관리 등이고, 리더의 역할은 미래 전략 수립, 대외적 문제점 파악, 개혁 개선 방안 검토, 직원 사기 고취, 솔선수범 등으로 구분되어 있다.

매니저와 리더의 이해를 돕기 위하여 스포츠 경기의 예를 들어 보자. 프로 스포츠 종목의 선수단 단장은 대외적인 업무 수행과 선수 육성 포함 미래도 대비해야 하므로 리더의 역할이 크고, 야구팀 감독은 한 해의 성적이 안 좋으면 바로 해고될 수 있기 때문에 한 경기, 한 경기를 세부적으로 관리해야 할 뿐만 아니라 어떤 경우에는 선수들의 플레이 하나하나에도 간섭해야 하기 때문에 매니저Manager로 불린다. 축구팀 감독은 선수 육성을 하고 작전의 틀을 만들어 연습을 시키지만, 일단 경기가 시작되면 선수 일부를 교체하거나 고함지르는 일을 할 뿐이고, 야구 감독처럼 경기에 세부적으로 간섭하기가 어렵기 때문에 코치$_{Coach}$라고 한다.

큰 조직의 구성원이 각자 어떤 역할을 하는 것이 좋은지에 대하여 모범 답안은 없지만, 미국 국방 획득 대학교$_{DAU}$에서 사용하는 교재에 의하면, 조직 상부에 있는 사람은 리더의 역할에 역량의 반 이상을 투입하고, 나머지는 관리자 역할을 수행하기를 추천한다. 중간 관리자는 리더, 관리자, 실무 업무에 적절한 비율, 예를 들면 리더의 역할 30% 정도, 관리자 역할 40% 정도, 실무 업무 지원을 30% 정도 수행하기를 추천한다. 실무자들은 자신들에게 주어진 업무에 70~80% 정도를 전념해야 하고, 중간 관리자의 관리 업무에도 부분적으로 참여 또는 지원해야 한다.

조직 전체를 운영하는 장은 삼각형이나 피라미드의 꼭대기에 있기 때문에 멀리 볼 수 있고, 주변 상황을 넓게 볼 수 있다. 그렇지만 모든 상황을 다 자세하게 볼 수는 없다. 각자에게 주어진 능력이나 역량은 비슷한데 서 있는 위치와 역할이 조금씩 다르기 때문이다. 조직의 장은 삼국지에 등장하는 제갈량처럼 큰 전쟁은 지휘하되 조직 전체의 시간적, 공간적 상황을 한눈에 보고 외부의 걸림돌을 고민하면서 미래를 대비해야 한다. 기업의 사장이 만약 1층 로비 출입자 한 사람 한 사람의 관리에 신경 쓰고 있다가는 날아가는 새나 지나가는 바람과 소나기를 못 보기 때문에 기업 전체가 잘 돌아갈 수가 없다. 국가나 정부, 대기업이나 중소기업이나 어떤 조직이라도 그 조직의 장이 중간 관리자에게 많은 업무와 권한을 위임하지 않고 세부적인 일 하나하나에 관심과 각별한 애정을 기울인다면, 자신만이 해야 할 리더의 역할은 등한시하고 있는 것이며, 그 결과 조직 구성원의 업무 태만과는 비교가 안 될 정도로 조직 전체에 큰 피해가 생길 것이다.

조직의 장은 감성이 풍부하고 자상하더라도 감상에 빠져 외부에 감정을 드러내거나 위기에 흔들리는 모습을 보여서는 안 되며 사적인 이익을 추구해서도 안 된다. 군 조직에서 장교 중 가장 낮은 계급인 소대장은 전시 혼란 중에 전사자나 부상자가 속출하더라도 두려움 없이 냉철하게 소대를 지휘하지 않으면 소대원 전체를 잃을 수 있다.

대기업에서는 임원들이 퇴직하기 전 6개월이나 1~2년간 비상근으로 근무시키고 일정액의 보수를 지급한다. 그동안 기여에 대한 보상 차원도 있고, 회사의 영업 비밀 유지나 경쟁 회사로의 이직 등에 대비하는 점도 있다. 그런데 정부 예산을 사용하는 공공 조직이나 출연 기관에서도 정년퇴직을 앞둔 인력들에게 업무를 적절하게 주지 않고 1~2년씩 유지하는 경우가 있다. 정년을 앞둔 당사자들은 후배들 보기에 좀 부끄럽기는 하지만 보수를 생각하면 참을 수 있다. 조직의 장의 입장에서는 퇴직을 앞둔 선배들을 잘 모시면 인정이 많아 보이고, 본인에 대한 좋은 내부 평가도 기대하겠지만, 세월이 흐르면 유휴 인력에 대한 부작용이 계속 누적되어 노령 인력을 유지하는 제도 자체가 없어질 것이다. 조직 전체를 위한다면 노령의 선배들이 일이 많다고 불만을 가지거나 비난을 하더라도 경험자들이 더 잘할 수 있는 적절한 임무를 부여하고 결과에 대한 관리를 철저히 하여야 한다.

　조직의 장은 담당한 조직을 제대로 운영하지 않으면 그 피해가 장 혼자가 아닌 조직과 전체 구성원한테 돌아간다는 사실을 항상 명심해야 할 것이다. 어떤 조직이든 실무진도 경험이 쌓이고 연륜이 들어 성장하면 중간 관리자나 조직의 장 역할을 해야 하는데, 학교에서는 배우지 않으니 직장에서 제대로 된 교육이 필수적이다. 어쩌면 군 조직은 상급 업무 수행과 보직에 대비한 교육 제도가 아주 잘 정비된 조직인 것으로 보인다. 최근에 보면 공무원 조직도 단계별 교육 제도가 체계적으로 정비되어 있는 느낌이 든다.

회의의 생산성?

어떠한 조직이나 팀에서 일하고 있더라도 정기적으로 혹은 수시로 회의에 참석하거나 회의를 주관해야 하는 경우가 많다. 회의는 여러 사람이 모여 의견을 교환하거나 의제에 대하여 결정하는 모임이며, 약간 유사한 의미를 가지는 위원회는 어떤 특정 목적을 달성하기 위하여 구성된 협의체라고 정의되어 있다. 회의에서는 참석자들끼리 의견 교환만 하고 끝낼 수도 있고, 우리나라 국방 분야 공식 회의처럼 주어진 사안에 대하여 뭔가를 심의, 의결할 수도 있다.

지난 이십 년 정도의 세월 동안 전 세계적으로 내부 전산망, 인터넷, 컴퓨터, 스마트 폰, 메신저 등이 눈부시게 발전하여 지금은 우리의 회의 문화가 많이 바뀌었지만, 아직도 회의를 정보 전달의 수단이나 장長의 지위를 확인하는 기회로 여기는 경우가 많다. 과거 큰 조직에서는 사장단 회의, 임원 회의, 간부 회의 등을 통하여 조직의 장으로부터 지시나 정보를 전달받으면 수첩이나 노트에 일일이 받아 적은 후 중간 관리자 회의를 통하여 전달하고, 중간 관리자는 들은 내용을 받아 적고 돌아와 다시 부서원들에게 회의를 통하여 적은 내용을 전달하였다. 이렇게 사람과 사람을 통하여 말과 글로써 전파되다 보면 가끔 최고 책임자의 의도가 중간 관리자의 성향에 따라 전달 과정에서 조금씩 색깔이 바뀌어, 부서가 다른 실무자들이 최종적으로 이해하는 내용이 다소 차이가 나는 경우도 종종 있었다. 지금도 TV에서 누군가 얘기를 하면 회의 참석자는 수첩을 꺼내어 꼼꼼히 적는 장면을 수시로 접할 수 있다. 특히 북한 소식을 접할 때마다 김 위원장이 현지 지도를 가면 모든 참석자가 작은 수첩에 지시 사항을 꼼꼼히 적는 모습을 자주 본다.

회의가 단순한 정보 전달의 수단으로 인식되어서는 안 된다. 정보 전달이 주목적이라면 전자 게시판이나 메일, 인트라넷, 메신저로 전달하거나 게시하면 중간에 왜곡될 가능성 없이 실무자에게까지 그대로 전달될 수 있다.

지금부터 약 15년쯤 전, 과거 ADD(국방과학연구소) 근무 시절, 회의를 통하여 단계적으로 전달되던 소장의 지시 사항을, 회의를 준비하는 담당자가 전자 게시판에 요약하여 게시하기를 수차례 제안했는데, 실제 시행에는 몇 년이 걸렸다.

헌법 기관인 민주평화통일 자문회의는 대통령이 임명하는 7,000명 이상으로 구성되고, 의장은 대통령, 25명 이내의 부의장, 300인 이상 500명 이하의 상임위원회로 구성되어 있다. 러시아의 인민대표자회의나 북한에서 안건 의결 시 명패를 들어 100% 찬성을 표현하는 최고인민회의를 연상시킨다. 몇천 명 이상이 모이는 회의는 회의라고 하기보다는 큰 모임 또는 대회에 가까우며, 안건을 협의하거나 참석자의 의견을 들을 수는 없고, 사전에 정해진 결론을 일방적으로 전달하거나 선언하는 수준일 것이다.

회의의 본질 측면에서만 비교해 보면 가끔 소란은 일어나도 안건을 심사도 하고 표결도 하는 여의도 국회가 훨씬 나아 보인다. 오죽하면 2005년에 '민주평화통일 자문회의의 효율적 자문 건의 체계 구축을 위한 조직 혁신에 관한 연구'라는 긴 제목의 논문이 발표되었을까.

우리 주변에는 아직도 회의를 좋아하는 고위층들이 많다. 회의에서 장의 지위를 확인할 수 있고, 정보를 나누어 주는 기회로 삼기 때문이다. 아침에 회의를 통하여 정보를 전달하고, 해야 할 일을 나누어 주고 나면 자신은 그날 할 일을 다 한 것 같은 느낌을 받을 수도 있지만, 이것은 너무 큰 착각이다. 정보는 기본적으로 있는 그대로 공유해야 하므로 문자로 게시하면 짧은 시간에 왜곡 없이 전달이 가능하고, 지시 사항도 짧게 전달이 가능하다. 만약 업무에 대하여 협의 조정할 사항이 있다면 사전에 안건을 배포하고, 회의 참석자가 안건에 대하여 검토를 하여 각자의 의견을 가지고 회의에 참석하면 회의를 효율적으로 할 수 있다. 미리 배포한 안건을 읽어 보거나 검토하지도 않고 참석한 사람이 회의 석상에서 주제와 약간 동떨어진 내용을 거론하며 튀는 발언을 하여 회의의 효율성을 떨어뜨리는 경우도 있다. 만약 심의 의결할 안건이 없고, 의견만 간단히 듣고 협의할 목적이라면 회의는 업무를 위한 보조 수단으로 짧은 시간에 끝낼 수도 있다.

준비를 제대로 한다면 회의 시간을 길게 할 필요도 없다. 통상 회의 시간이 한 시간을 지나면 참석자들의 집중력이 떨어진다고 한다.

어떤 조직에서는 회의 전체 시간을 한 시간 이내로 사전에 제한하기도 하고, 스탠딩 회의를 하여 시간을 줄이려고 노력하기도 한다.

어떤 조직의 회의 문화나 수준을 보면 그 조직의 전체적인 수준을 알 수 있다고 한다. 20명이 모여 한 시간 회의를 하면 회의에 투입된 직접 인건비만 수십만 원이 소요된다. 미국 국방부 산하 국방대학교 교육 교재에 효율적인 회의 문화 교육을 위한 다음과 같은 문구가 있다.

"얼마나 많은 회의가 모여야 한 시간의 업무 생산성과 동등하다고 생각합니까?"

누구를 진급시켜야 하나?

어떤 조직의 같은 직급에 10명의 구성원이 있는데, 만약 심사를 통하여 5명을 진급시키고 5명은 탈락시킨다면 어떤 기준이나 절차로 승진 심사를 진행해야 할까?

여러 가지 방안이 있을 수 있겠지만, 우선 크게 봐서 업무를 잘하는 우수한 5명을 선발하여 진급시키는 방법이 있을 것이고, 반대로 업무를 잘 못하거나 문제가 있는 5명을 탈락시키고 나머지 5명을 진급시키는 방법이 있을 것이다. 우수한 5명을 진급시키는 경우의 진급자와 문제 있는 5명을 제외하고 나머지를 진급시키는 경우의 진급자는 동일할까? 진급 심사의 기준과 절차를 정하는 것은 적절한 진급자를 선발하는 것이 주목적이지만, 조직의 문화와 진급 대상자가 아닌 조직 구성원 전체의 평소 근무 자세에도 큰 영향을 주기 때문에 아주 중요한 사안이다.

우수한 사람을 진급시키는 문화가 정착이 되면 구성원 전체가 약간의 어려움을 감수하고라도 업무를 제대로 잘하기 위하여 노력할 것은 명약관화하다. 그러나 문제 있는 탈락자를 선발하는 문화가 정착되면 업무를 잘하기보다는 문제를 일으키지 않으려고 신경을 쓰게 될 것이다.

세계적으로 인정받는 제품을 제작, 수출, 판매하고 있는 기업의 생산, 또는 제품 검수 부서인 경우, 일부 제품에서 하자가 발생하여 부분적인 리콜Recall, 또는 전 제품 리콜 사태가 발생하면 그 제품뿐만 아니라 기업 이미지 전체가 타격을 받기 때문에 철저한 생산 관리가 요구된다. 따라서 이러한 일을 담당하는 부서에서는 문제 있는 사원을 가려내고, 필요시 재교육시켜 실수가 없도록 최선을 다하게 해야 할 것으로 보인다. 하지만 아이디어 상품을 기획하고 설계, 개발하는 부서의 경우에는 필수적으로 새로운 구상이 요구되고, 다양한 시도나 실험을 통하여 목표하는 결론에 도달하기까지에는 많은 위험Risk을 감수해야 하며 도전과 실패를 거듭해야 할지도 모른다. 이런 개발 조직에서 승진 심사 때 실패했거나 문제 일으킨 사람을 골라 탈락시킨다면 누구도 이런 업무에 참여하기를 원하지 않을 것이며, 결국 새로운 아이디어 상품 개발은 실패할 확률이 커진다.

따라서 누구를 어떻게 선발하느냐 하는 문제에는 정답이 없으며, 조직의 전략과 문화, 업무의 성격, 구성원의 자질, 주변에 미치는 영향 등 많은 요소가 복합적으로 고려되어야 한다. 대체로 보면 안정적인 업무를 수행하고 있어서 현상 유지의 비중이 크다면 문제 있는 탈락자를 골라내는 것이 나을 것이고, 도전적이고 창의적인 업무를 하는 조직은 일부 하자가 있더라도 성과를 내는 사람을 선발하는 것이 바람직할 것이다.

그런데 심사에 참여한 심사위원 입장에서는 결과에 대한 심적 부담이 있을 것인데, 우수자를 고르는 것과 탈락자를 고르는 일 중 어느 쪽이 부담이 적고 쉬울까? 심사위원 입장에서만 보면 문제점을 찾아서 그것으로 근거를 마련하여 탈락자를 걸러내는 것이 다소 용이하고 결과에 대한 부담이 적을 것이다.

　우리나라의 문화를 보면 대체로 탈락자 선발을 선호하는 경우가 우수자를 선발하는 경우보다 훨씬 많은 것으로 보인다. 여러 가지 이유나 배경이 있겠지만, 심사 기준 중에서 아주 중요한 인사 고과 성적이 정말 객관적이고 다면적, 합리적인 평가 결과라고 자신하기가 어려운 이유도 있을 것이다.

　우리는 고위 보직을 그만두고 물러나는 사람이나 정년퇴직을 하는 자리에서 대과大過없이 이 자리에 서게 되어 기쁘다고 말하는 경우를 종종 볼 수 있다. 잘못이나 큰 실패 없이 살아왔다는 자부심 또는 겸손함의 표현으로 보이는데, 업무의 대부분이 법이나 규정, 또는 상부의 세부 지침만 수행하면 되는 일부 공무원 조직을 제외하고 정말 실패나 시행착오 없이 평생 일할 수 있는 곳이 얼마나 있을까? 대과大過없이 살아왔다는 말이 때로는 새로운 시도나 개선 개혁 노력은 하지 않고 과오만 범하지 않으려고 안일하게 살아왔다는 의미로 들릴 때도 있다.

　우리나라는 지정학적으로 주변의 크고 강한 국가와 접해 있고, 자원이 부족하여 외국과 끊임없는 경쟁 속에 수출 지향적 정책을 밀고 가야 하기 때문에 지속적인 기술 개발과 새로운 아이디어, 개선 개혁이 필요한 나라다. 또한 남북으로 분단되어 분쟁이나 무력 충돌의 가능성을 항시 가지고 있으면서 남북뿐만 아니라 독도나 이어도 근해 등 주변국과의 분쟁 가능성도 상존하는 등 안정되지 못한 환경에 놓여 있다. 따라서 현상 유지에 만족하면서 안정되고 쉬운 길만 갈 수는 없다. 일하는 과정에서 어느 정도의 실수, 시행착오, 실패는 겪을 수밖에 없으며 그런 실패를 통하여 교훈을 얻고 새로운 도약을 해야 할 것이다.

우리나라가 더 발전할 꿈을 가지고 있다면 잘못을 지적하기보다 개선 발전에 누가 더 기여하는지를 더 살펴야 한다. 지속적인 제도 개선과 혁신을 주장하면서 일 잘하는 사람보다 일 못 하는 사람을 가려내는 문화는 모순이다. 과거 약 백 년 동안 굴곡진 역사 속에서 버텨내고 지금의 우리나라가 될 때까지 활동한 여러 사람에 대한 평가를 종합적으로 판단하지 못하고, 나라에 기여한 사항은 애써 무시하고 안 좋게 보이는 부분만 들추어내는 현실도 승격 심사 과정에서 부정적인 면을 부각시키는 문화와 일맥상통하는 것 같기도 하고, 균형 감각이 부족한 것 같기도 하다.

어떤 회사에 임원으로 들어가면 반드시 짧은 기간에 가시적인 실적을 내어야 한다. 그렇게 하지 않으면 그 임원이 원하는 기간 동안 회사가 기다려 주지 않는다. 우리는 대부분의 경우에 장기적인 발전을 위하여 눈앞에 놓인 위험을 감수하기가 쉽지 않고 단기적인 실적을 요구한다.

오래전 성적이 하위권이던 우리나라 프로 야구팀 중 한 곳에 외국인 감독이 부임하여 공격 기회가 올 때마다 "No Fear!", 두려워하지 말라고 하면서 대부분의 경우 강공을 펼친 적이 있다. 공격 위주의 경기 운영에는 큰 성공과 큰 실패가 교차한다. 야구 경기의 공격에서 안 좋은 지표 중의 하나인 병살타 상위권을 그 팀 선수들이 모두 차지했지만 그 팀은 정규 시즌인 페넌트 레이스에서 팬들에게 재미와 승리를 선사하고 순위 결정전인 포스트 시즌에 진출했다. 그렇지만 포스트 시즌의 단기 승부에서 내리 몇 게임 연속으로 진 후 그 외국인 감독은 재계약하지 못하고 돌아갔다. 작은 성공을 이루었더라도 단기 승부에서의 실패가 강조되어 실패를 기준으로 감독의 능력을 평가받은 것이다.

선거에서 어떤 정당이 좋아서가 아니라 다른 정당이 미워서 이쪽을 찍는다는 유권자의 얘기는, 실패를 두려워하고, 승진 심사에서 잘못을 따져 탈락시킬 사람을 가려내고, 대과大過없이 퇴직하는 것을 자부심으로 여기는 문화와 맥이 통한다. 이것이 우리나라의 보편적인 정서인가 하는 생각이 든다.

상부의 지시?

2000년대 초 당시 국방부 장관은 국방 전 분야에 해박한 지식과 논리로 국방 분야를 이끌었으며, 장기적인 군 전력 건설 방향에도 보는 안목이 아주 넓었던 것으로 기억된다. 당시 ADD(국방과학연구소) 소장, 본부장과 같이 업무 보고를 간 적이 있었는데, 그 자리에서 장관은 우리나라가 강대국에 둘러싸여 있는 지정학적 위치로 볼 때 미래에는 비대칭 전력이 중요해질 것이기 때문에, ADD가 ○○분야 기술 중심이 되어야 하며 관련 기술을 지속적으로 연구 개발해 나갈 조직을 정비하고 건물을 건설해야 할 것이니 구체적 이행 계획을 수립하여 보고하라고 지시했다. 이후 ○○센터 건물 건설 계획이 수립, 보고되어 국방 중기 계획에 반영되었고, 2000년대 중반에 건설 착수 준비를 시작했다. 많은 신기술과 체계 종합 기술이 복합되어 있는 무기체계 개발에 비하면 건설 사업 수행은 다소 쉬운 편이다. 그런데 건물 완공 후 기술 개발을 주관할 ADD 관련 조직은 창원 진해 지역에 위치하고 있지만, ADD는 자체 소유 부지가 없고, 해군이 관리하는 국유지에 건물을 지어 사용하고 있었다. 따라서 인접한 해군 부지의 추가 사용 허가를 받아 ○○센터 건물을 짓고 울타리를 넓혀야 하는 문제가 있었지만, 미리 여러 차례 해군 관련 부서와 협조한 결과 인접한 부지도 확보하여 연구소 내 시설 관련 부서와 건설 착수 준비를 차근차근 진행하고 있었다.

그 무렵 어느 날 해군 본부에서 ○○ 확보 계획에 관한 총장 주재 회의에 참석하라는 요구를 받고 계룡대 회의에 참석하였다. ○○에 대한 다양한 의견 교환이 진행된 후 참석자 8명 정도의 저녁 식사 자리가 마련되었는데, 모두가 총장이 포함된 해군 장성들이며 민간인은 혼자였다.

화기애애한 분위기 속에 식사가 진행되는 중에 총장은 ○○센터 건설을 언급하더니, 아무리 생각해도 건물을 ADD에 짓는 것보다는 (ADD로부터 10㎞ 이상 떨어져 있고, 별도의 출입 절차가 필요한) 해군 부대인 △전단 내에 지어 함정이나 무기를 운용하는 현역 장교들과 ADD 기술자들이 부대 안에 같이 근무하면서 긴밀한 소통을 하는 것이 기술 발전에 시너지 효과가 클 것 같다고 언급하면서 어떻게 생각하는지 물었다. 술이 약간 들어간 상태였지만, 한순간에 ADD 민간인 연구원들이 매일 겪어야 할 출입 문제, 식사, 복장, 보안, 야근 등 많은 어려움과 들려올 불평들이 머릿속을 가득 메웠다. 잠시 시간을 두고 몇 가지 어려움과 불합리한 부분을 언급하면서 반대 의사를 부드럽게 피력하였다. 총장은 이 길이 최선이라고 강하게 지시 수준의 논리를 폈는데, 배석한 장성들은 모두 숨죽이고 결과를 기다리는 듯 지켜만 보고 있었다.

운용 부대와 설계 부서는 필요할 때 만나면 수시 협의가 가능한데, 근무할 연구원들 입장에서 보면 군부대 근무에 곤란한 점이 한두 가지가 아니기 때문에 요구 사항을 수용하기가 어려우며, 설령 건설 위치를 바꾸더라도 ADD 내부 보고도 없이 이 자리에서 답변할 사안이 아니라고 설명하였다. 평소에 모두 잘 아는 사이라 분위기는 괜찮았지만, 지시 수준의 제안과 부드러운 반대 의사가 폭탄주 속에 가득 담겨 교환되었다.

이후 ADD는 고민에 빠졌다. 총장의 요구를 따르게 되면 건물 준공 후 연구원들은 근무 기간 내내 큰 불편을 감수해야 하고, 안 따르면 그동안 ADD를 많이 이해하고 지원해 주던 총장에 대한 예의가 아니기 때문이다. 마침 그 무렵 ADD 소장이 바뀌고 부서장 인사이동으로 다른 부서를 맡게 되어 건설 사업이 손을 떠났기 때문에 더 이상 건설 위치 변경을 막거나 관여할 수 있는 입장이 아니었다. 이후 ○○센터 건설 계획은 완공 후 해군에 건물 자체를 뺏길 각오로 주 건물은 해군 부대 내에 짓고, ADD 내에는 건설비의 일부만 떼어 내어 작은 집 하나를 분리하여 짓는 수준으로 변경되었음을 나중에 알았다. 누가 새로운 소장이 되었고, 누가 새로운 건설 책임자가 되었더라도 총장의 요구를 거부하기는 어려웠을 것이다.

그렇게 세월이 흘러 1년쯤 지나니 해군 총장은 바뀌었고, ADD 내 인사이동으로 센터 건설 과제를 담당하는 개발 부서의 책임자 자리로 다시 돌아와 보니 어찌 된 영문인지 그때까지도 센터 건설 본 공사를 착수하지 못하고 있었다. 남의 땅인 국유지에 건물을 지으면 관리권을 가진 해군에 완공된 건물을 기부채납하고, 매년 거의 자동 갱신되는 임대 계약을 체결하여 사실상 영구히 사용하게 되는데, 그러한 법적 절차에 대한 몇 사람의 이해 부족으로 논란이 되어 공사 착수가 지연되고 있었던 것이다. 건물을 되찾아 올 절호의 기회를 잡아 건설 주관 부서에 공사 착수를 잠시 보류하라고 요구해 놓고, 약 2개월 동안 해군, 방위사업청, ADD 본부를 수차례 방문, 협의를 거쳐 건설 계획을 당초 계획대로 재변경하였고, 연구소 내에 단일 건물로 지을 수 있게 원위치시켰다. 부서 주변에서 원위치시키는 것이 불가능할 것이라는 얘기가 많았을 정도이니 해결하는 과정에서의 어려움은 이루 다 말할 수가 없다.

ADD가 1년 전에 해군 부대로의 위치 변경을 방위사업청에 승인 건의한 문서에, 해군의 요구 얘기는 한마디도 없이 설계자와 사용 군과의 긴밀한 협조 관계상 군부대 내에 건설하는 것이 바람직하다고 되어 있었다. 그런데 왜 또 바꾸려고 하느냐는 등, 듣지 않아도 될 많은 질책을 들으면서도 새로 바뀐 해군 수뇌부를 설득하고 방위사업청 승인을 받아 결국 건설 위치를 원상 복구시켰다. 이후 공사를 거쳐 좋은 새 건물을 갖게 되었고, 그 속에서 후배들이 연구 개발 업무를 열심히 수행하는 모습을 보게 되어 보람을 느낀다. 어려움을 해결하는 과정에서 몇 차례 폭탄주 벌주도 마다치 않았는데, 그때마다 같이 잘 버텨준 K 실장이 고맙기도 했다. 건설이 당초 계획보다 많이 지연되어 받게 되는 외부 감사는 혼자서 책임지겠다고 선언했는데, 어쩐 일인지 건물 완공 후 몇 년이 지나도 감사는 받지 않았다.

해군 부대 안에 건설할 것을 강력히 요구했던 분은 이후 정부의 중요한 자리를 역임하였는데, 몇 사람 같이 사석에서 만나는 기회가 생기면, 4성 장군인 옛날 총장 시절에 업무 지시를 하면 대부분 잘 진행되었는데, 지시를 거부한 사람이 딱 한 명 ADD에 있었다고 공개적으로 회고할 정도이니, 요구한 사람이나 반대한 사람이나 건설 부지 관계로 마음속에 남은 앙금은 없는 모양이다. 건설 부지 외에 ○○ 무장 성능에서도 상급 기관이 회의를 통하여 확정한 사항을, 설계 부서 책임자로서 군과 합참을 연이어 방문하고 어렵게 설득하여 요구 조건을 현실에 더 적합하도록 변경한 사례가 있으나 비밀 사항이라 내용을 상세하게 설명할 수는 없다. 연구소에서는 연구만 열심히 하면 된다고 쉽게 얘기들 하지만, 개발 비중이 큰 조직의 부서장이 되면 연구나 개발과는 성격이 완전히 다른 업무도 아주 많다는 사실은 외부에서는 이해하기 어려울 것이다.

상관의 지시와 제안을 잘 구별해야 한다. 상관은 가끔 지시하고 싶은데 뭔가 켕기는 것이 있으면 지시인지 제안인지 모르게 은근히 얘기하는 경우도 있다. 궁금하면 다시 물어서라도 구별해야 한다. 지시를 그냥 따르면 편하고 이익이 되는데, 양심에 가책이 된다면 어떻게 하나? 혹시 그 지시가 부당하다고 판단될 경우, 지금은 새로운 제도가 많이 생겨 제도적으로 개인의 불이익 없이 개선할 수 있는 방법들이 정착되어 있지만 그렇지 않다면 과연 잘 대처할 수 있을까?
극단적인 예를 들어보자. 만약 치열한 야간 전투 중에 운전병이 실수로 적진으로 차를 잘못 몰아 탑승한 장군이 팔에 총상을 입었다고 가정해 보자. 시끄러운 총성 속에서 잘 들리지도 않는데, 적진인지 모르는 장군은 "차 세워!", "붕대 가지고 와!", "지혈제는 어디 있어?" 등의 명령과 요구를 계속한다면 운전병은 차를 세우고 지시에 따라야 할까? 전쟁 중에는 무조건 따라야 하는 장군의 지시를 무시하고 운전에만 신경 써서 빨리 적진을 벗어나야 할까? 개인의 이익을 위하는 것이 아니라면 각자가 판단하여 가끔 상관이나 부모의 요구나 지시를 거부할 수도 있지 않을까? 거부 이후에 나타난 결과에 대해서는 책임이 당연히 따르겠지만, 그렇게 하여 발생한 결과에 대한 교훈이 차곡차곡 쌓여 나가면 판단력이 증대될 것이고, 향후 결심과 지시를 해야 하는 위치에 오면 다양한 상황에 대한 이해도가 더 높아지지 않을까?

우리 교육의 현실

초등학교에 들어갈 나이의 어린이가 미분 방정식을 풀어나가고 우주 물리학에 대하여 설명하는 등 신동이 나타났다는 얘기는 가끔 들어도, 우리나라에서 노벨 물리학상을 받은 적은 없다. 중학생이나 고등학생을 참가 대상으로 하는 전 세계 수학 경시대회에서 우리나라나 북한은 메달권이나 상위권에 종종 들어간다. 그런데 우리나라에서 수학 분야의 노벨상이라고 불리는 필즈상Fields Medal을 받았다는 얘기는 들어본 적이 없다.

우리나라는 세계 리틀 야구 대회나 청소년 야구 선수권 대회에서 종종 우승이나 준우승을 차지하는데, 한국 프로 야구 선수가 미국 야구 메이저리그MLB에 진출한 경우 성공한 선수는 아주 소수에 불과하다. 일단 진출했다 하더라도 실력 부족으로 정착하지 못하는 경우가 많고, 국내에 다시 돌아오면 큰 활약을 한다.

미국 메이저리그를 보면 타격 자세가 기초도 안 배운 것 같이 이상하고 엉성한데, 특유의 자세로 장타를 펑펑 때리는 타자를 가끔 볼 수 있다. 미국의 여자 프로 골프협회LPGA에서 활약하는 한국 선수들은 대부분 교과서적인 스윙 폼을 가지고 있는데, 미국 프로 골프 협회PGA에서 활약하는 어떤 유명한 미국 남자 골프 선수는 스윙 폼이

제삼자가 보기에는 좀 이상한데도 상금 순으로 상당한 상위 랭크다. 이러한 현실을 어떻게 해석해야 하는가? 우리나라 교육과 연관되어 있지 않을까 하는 생각이 든다.

우리나라처럼 인구 밀도가 높고 경쟁이 치열하며 학벌을 매우 중요시하는 나라에서 전문가도 아니면서 마음에 들지 않은 교육 제도나 정책에 대하여 논쟁하고 싶은 생각은 없다. 다만 학교 교육보다는 자녀 교육과 연관되어 있는 우리의 의식이나 정서, 문화에 대하여 생각을 정리해 보고자 한다.

젊은 부모들이 걷고 뛰기 시작하는 어린애들을 데리고 야외에 놀러 가면 돌, 나무, 물, 도랑 등 어린애들이 다치기 쉬운 물건이나 장소가 많이 널려 있다. 물가나 모닥불 근처처럼 조금 위험해 보이는 곳에 어린애들이 가까이 가면 얼른 데려온다. 안전한 곳에 데려다 놓고 지켜보다가 위험한 곳에 접근하면 또 데리고 온다. 그냥 두면 안 되나? 아니면 위험물에 데려가 직접 일부러 접촉시켜 보면 스스로 피하지 않을까?

어린애들이 식탁에서 가끔 투정을 부리면서 선언한다.

"나 밥 안 먹을 거야!"

밥 먹는 일이 본인이 아닌 엄마를 위하는 일로 바뀌어 버린 느낌이다. 유치원생이 미술 학원에 가면 한 달도 안 되어 그림을 그럴싸하게 그린다. 황금분할은 아니더라도 기성세대인 부모의 눈에 그림의 구도가 어색하지 않게 들어오기 때문이다. 어린 시절에는 그림만큼이라도, 어른의 눈에는 이상하게 보일지 몰라도, 각자 그리고 싶은 대로 마음대로 표현해야 하는 것 아닌가?

코로나19 때문에 원격 수업을 실시하니 엄마들이 모두 컴퓨터 앞에 앉아 개학을 맞이했다고 한다. 초등학교 1학년은 처음에 도움이 필요하겠지만, 2학년 이상은 혼자서 할 수 있게 시스템이 만들어져야 하는 것 아닌가? 고등학교 3학년 학생이 엄마가 정해준 대학이나 전공을 선택했다가 입학 후 만족 못 하고 재수나 반수를 종종 한다는데, 본인의 길은 스스로 선택해야 하는 것 아닌가? 대학의 수강 신청도 엄마가 하는 경우가 있다고 하는데 믿어야 하나? 군대 생활을 하는 아들이 군 생활의 어려움을 스마트 폰으로 엄마한테 자주 보고하고, 엄마가 중대장한테 전화나 카카오톡으로 항의하는 경우도 있다는데 이것도 믿어야 하나?

고등 동물일수록 자립에 시간이 많이 걸린다고는 하지만 그래도 너무 심한 것 아닌가 하는 생각이 든다. 자립심은 부족한데 어려움이나 고비를 만날 때마다 부모의 능동적인 도움으로 해결하면 판단력이 떨어짐은 당연하고, 심지어 자신의 역량을 잘못 평가하거나 과대평가하여 나중에 결국은 혼자서 헤쳐나가야 할 현실에 적응하지 못하거나 부정하고 좌절하는 상황을 자주 만나게 될 것이다.

부모의 말씀을 자주 거역하면 어떻게 되나? 문제아가 되나? 요즈음은 이런 자녀들이 적지만, 과거에는 부모가 자녀 교육에 신경을 많이 쓸 시간이 없는 경우도 많았기 때문에 부모의 말을 잘 안 듣거나 혼자서 해결하는 경우도 많았다. 경험자의 조언을 안 들으면 아무래도 좋은 결과를 얻을 확률이 낮을 것이다. 그렇지만 누구도 원망할 수 없으니 스스로 책임져야 하고 이런 상황이 조금씩 쌓여 나가면 교훈이 하나하나 몸에 배지 않을까?

성적이 좋았던 모범생들은 대체로 안정적인 직업에 종사하는 경우가 많고, 성공한 큰 사업가나 매스컴에 매주 등장하는 유명한 사람 중에는 학생 시절 약간의 문제를 일으켰던 경우를 종종 듣게 된다. 이 세상에 정해져 있는 바른길은 없다.

우리나라 교육에서 이미 큰 비중으로 자리 잡은 것이 사교육이며 다양한 종류의 학원은 어느 나라보다도 많을 것이다. 사교육에 투자되는 비용이 정규 학교 교육비의 2~3배라는 얘기도 있고, 사교육 문제를 해결하지 않고 강남의 집값을 잡으려는 것 자체가 모순이라는 얘기도 있다. 예능이나 특기 같은 것을 사교육을 통하여 배우는 것은 이해가 되지만 입시 공부를 위하여 학원에서 많은 시간을 보내는 것은 이해가 잘 가지 않는다. 더군다나 좋은 학원을 가지 않으면 좋은 대학을 가지 못한다는 얘기는 더욱 이해가 되지 않는다.

어쩌면 입시 제도나 대입 시험 문제 자체에 문제점이 있는지도 모른다. 단답형 또는 암기식 문제 위주로 출제하면 반복 학습이나 요령이 좋은 성적을 올리는 데 기여할 것이다. 족집게 학원 또는 족집게 과외라는 얘기도 있는데, 결국은 대학 입시에 대비하여 예상 문제를 적중하거나 높은 점수를 얻을 수 있는 요령을 주입식으로 배우는 것이 사교육이라면, 입시 문제 자체뿐만 아니라 학생의 장래도 걱정된다. 우리나라는 유별나게 학벌을 중시하니 창의력은 떨어져도 좋은 대학만 나오면 서로 상쇄가 되나?

TV를 통하여 하버드 대학 마이클 샐든 교수의 '정의란 무엇인가'라는 강의를 들어보면 정답이나 모범 답안이 없는 주제를 토론식으로 진행한다. 시험을 어떻게 치르고 학점을 어떻게 주는지 궁금한데, 우리나라의 시험이나 평가도 정답 위주에서 벗어나 다면화하여야 할 것으로 보인다.

어린이집 원장을 역임한 어떤 분이 어린이나 학생을 양계장 닭보다는 토종닭처럼 키워야 한다고 했다. 비슷한 스펙으로 대량 육성하지 말고 자연에서 자라고 각자의 개성을 발휘하며 더위나 추위 등 어려움을 만나도 잘 견디는 사람으로 키워야 한다는 의미로 공감이 간다. 이렇게 자라야 자립심과 창의성이 커질 것 같다. 학원에서 도움받은 성적을 기준으로 대학 소재 지역, 학교, 전공이 정해지고, 어학연수, 봉사활동 등 비슷비슷한 스펙이 더해진 열 명보다 개성 있는 한 명이 더 소중한 시대가 우리 앞에 펼쳐져 있다.

코로나19에 대응하는 각국의 자세를 보면, 우리나라는 부분적으로 약간의 문제는 있지만, 전체적으로 보면 부모 말씀 잘 듣는 모범생 같아 보이고, 미국이나 유럽은 겉으로는 문제아처럼 보인다. 미국에서는 대통령이 공식 석상에 마스크 없이 등장하기도 하고, 어떤 주에서는 마스크 착용 지시를 개인의 자유 침해라고 반발하고 있으며, 대규모 모임에 마스크를 착용 안 한 사람들이 많은 경우도 있다. 스웨덴 정부는 집단 면역 체제를 채택하여 국민들의 자유는 최대한 존중하면서 대부분의 기관이나 시설은 평소대로 개방하여 경제 손실은 줄이고 있다. 많이 전파되어 많은 사람이 면역이 생기면 환자가 줄어들 것이니 예방 규칙의 기본은 각자가 알아서 지키고, 일부 인명 손실은 감수한다. 스웨덴 방식으로 하면 초기 사망자가 많이 나오고 문제가 클 듯한데, 성공이냐 실패냐를 떠나 국민성과 문화의 차이에서 오는, 문자 메시지와 방송, 인터넷을 통하여 반복하여 안내하고 계몽하는 우리와는 많이 다른 발상에 호기심이 생긴다.

우리나라 TV 드라마는 해외에서도 인기다. 코로나19가 세계적으로 유행하여 대외 활동이 줄어들어 드라마 수출이 더 늘었다고 한다. 외국의 젊은이들이 한글을 배울 겸해서 자주 보는데, 아주 재미있단다. 그런데 드라마를 즐겨 본다는 이란과 일본의 젊은이들이 우리말로 인터뷰를 하면서 오랫동안 시청했더니 주제가 3가지밖에 없더라고 말했단다. 출생의 비밀, 고부 갈등, 재벌과 신데렐라 이야기. 요즈음 추가된 주제인 기억 상실을 더해도 주제는 4가지를 넘지 못한다.

음식점이나 상가 한 곳이 잘되면 주변에 같은 업종을 차리고 나중에 원조 싸움을 하듯이 창의성이나 개척 정신은 부족하고 베끼기를 많이 하는 모양이다. 미래는 각자의 개성이 더 존중되어야 하고 창조성이 더욱 필요한 시대가 될 것이다. 너무 획일적으로 끌고 가지 말자.

큰 도약을 하려면 다양한 인재가 필요할 것이다. 기본만 가르치고 내버려 두자. 방황과 실패 속에 책임감, 창조성, 협동성이 싹틀 것이다. 노벨상 추진위원회를 만들지 말고, 그 돈으로 기초 연구에 오래 매달릴 수 있는 풍토만 만들어 주자. 평소에는 별로 신경 쓰지도 않는 기초 과학 분야 노벨상을 주변국이 받았다고 우리도 꼭 받아야 하나?

역사의 해석

대학 1학년 시절, 맨 처음 받은 리포트 숙제가 《역사란 무엇인가》라는 책을 읽고 독후감을 제출하라는 것이었다. 학교 성적에는 관심이 적고, 처음 하는 서울 생활, 운동, 친구 만나기 등으로 세월을 보내던 시절이라 작은 문고판 사서 건성으로 읽고, 리포트도 성의 없이 제출했던 기억이 있다. 사회생활을 시작하면서 역사 인식에 대한 관심이 조금씩 커졌고, 어린 시절부터 전쟁과 무기에 관심이 많았던 배경도 있었지만, 대학을 졸업하자마자 무기를 연구 개발하는 직장에 들어간 영향으로 전쟁사에 대한 관심이 더욱 커졌다. 시간이 날 때마다 책을 사거나 빌려서 중국, 로마, 제1·2차 세계 대전, 6·25 전쟁, 월남전, 이라크전 등 지나간 전쟁사를 섭렵하다시피 했고, 3차 대전이나 최신 국지전 위험을 묘사한 탐 클랜시 소설도 거의 다 읽었다. 일본의 하와이 진주만 공습으로 시작되는 장편의 《태평양 전쟁》은 대학 입시 공부에 집중해야 하던 고3 시절에 읽었고, 미국의 CBS 기자가 쓴 《베트남전》 영문판은 공부와 시간에 쫓기던 미국 유학 초기에 학교 도서관에서 읽었다. 《6·25 전쟁사》는 한국, 미국(영문판), 중국(번역본) 사람이 쓴 책을 모두 읽고, 동일한 역사적 사실도 보는 시각에 따라 큰 차이가 있음을 느꼈으며, 백선엽 장군의 회고록을 통하여 전쟁 당시 우리 군 전투 지휘관들의 부족한 리더십 등 세세한 부분까지 이해하게 되었다. 또한 일본 사람이 쓴 《대동아 전쟁》 번역본에는 연합군 포로 학대에 대한 관점이 완전히 다르게 설명되어 있음도 발견할 수 있었다. 탐 클랜시 소설은 소설일 뿐이지만 현대전의 전략, 전술과 첨단 무기 분야에 대한 이해도가 아주 높게 묘사되어 있어서 한글 번역본을 읽고 난 후 영어 원본도 사서 읽었다. 지금도 혼자 TV 시청할 때면 국방 TV를 비롯하여 전쟁이나 무기 관련 국내외 채널을 찾아보고 있으니 취미를 넘어 거의 직업병 수준이 아닌가 생각한다.

역사란 무엇인가? 과거에 일어난 사건과 인물의 기록이라고 하는데, 어떤 학자는 과거와 현재의 끊임없는 대화라고도 한다. 세계적인 역사가, 또는 역사학자로는 영국의 토인비가 떠오른다. 그는 《역사의 연구》라는 저서로 유명한데, 세계의 문명권을 분류하면서 초기에는 한국을 중국의 변방 정도로 묘사했다가 개정판에서 독립된 문화권으로 재분류했다고 알려져 있다.

오랜 과거일수록 기록이나 증거가 부족하여 해석하는 나라나 개인에 따라 다르게 해석하기도 한다. 고조선이나 광개토 대왕릉비의 해석도 중국, 한국, 일본의 주장이 다르고, 역사학자 개개인의 해석이 다르기도 하다. 국가든 개인이든 모두 각자의 눈에 보이고 원하는 방향으로 해석하는 듯한데, 반대자 입장에서 보면 역사 왜곡으로 보인다. 역사 전문가가 아닌 사람으로서 진위를 따지거나 비판할 생각은 없지만, 역사를 보는 자세에 대해서는 생각할 것이 많다.

오랜 과거는 기록이나 증거가 부족하여 논란이 많으니 기록이 제법 남아 있는 우리의 역사를 큰 줄기만 최근 순으로 대략 나열해 보면, 민주화 시대, 산업화 시대, 건국과 6·25 전쟁, 일제 강점기, 조선 시대, 고려 시대 등으로 거슬러 올라갈 수 있다. 각 나라의 역사에는 자랑하고 유지하고 싶은 면도 있고, 잊거나 버리고 싶은 면도 있을 것이다. 양면성 모두가 현재의 우리에게는 교훈이다.

조선 시대는 500년이나 지속되었고 기록 문화유산이 찬란한 시기였지만, 지금의 관점에서 보면 쿠데타로 탄생한 왕조이고, 세종대왕의 아버지와 아들도 왕권 획득을 위하여 큰 폭력을 행사하였다. 사전 대비를 못 한 상태에서 임진왜란과 병자호란을 겪었고, 조선 말기에는 국가 간 교역과 세계적인 산업 발전 사조를 읽지 못하여 일제에 나라를 통째로 빼앗긴 어두운 과거가 있다. 일제 강점기에는 물자 수탈, 징병, 징용으로 인한 어려움 속에서도 항일, 반일 저항을 지속하였지만, 중국에 있던 우리 임시 정부가 더 크게 뭉쳐 일본이 항복하기 전에 대일 선전 포고를 왜 못했을까 하는 아쉬움이 남는다. 선전포고를 하고 주변국이 인정하는 임시정부군으로 대일 전쟁에 참전했더라면 일본의 항복 후 해방된 조국의 위상이 크게 달랐을 것이라는 생각이 든다.

건국 후 혼란 속에서 5년 만에 발발한 6·25 전쟁으로 전 국토가 전화에 휩싸이고 많은 군인과 민간인이 죽거나 부상당했으며, 아직도 이산가족이 많이 남아 있을 정도로 6·25 전쟁은 민족의 비극적 수난이었다. 북한의 기습 남침으로 낙동강 전선 동남쪽에 몰린 남한을 구출한 것은 미국 중심의 UN군이었고, 인천 상륙 작전 후 압록강, 두만강으로 쫓겨 가던 북한을 구해준 것은 중국이었다. 북한 입장에서 보면 승리와 통일을 방해한 쪽은 미국이고, 남한 입장에서는 승리와 통일을 방해한 쪽이 중국이다.

우리는 60년대 이후 경제 개발과 산업화 과정을 통하여 수출 중심으로 성장하여 배고픔에서 벗어난 것은 물론, 국민 소득이 증가하고 세계 10위권의 무역 대국으로 성장하였다. 그러나 그 과정에서는 독재, 인권 탄압, 부정부패, 부의 편중 등 어두운 면도 있었다. 민주화 과정을 거치면서 현재까지 인권이 신장되고 여러 가지 투명성이 증대되었고, 전반적인 복지가 향상되어 국민이 더욱 살기 좋은 나라가 되어 가는데, 최근에 와서 여러 가지 사유로 경제 성장은 다소 둔화되고 있다.

우리 민족은 지나간 역사를 비롯한 과거에 대한 관심이 많은 편인데, 정권이 바뀌거나 선거철, 아니 평소에도 보는 관점에 따라 해석에는 선입견이 많이 작용한다는 인상을 지울 수가 없다. 대다수가 정치적 목적을 가지고 균형 감각 없이 다소 편향되게 해석하고, 때로는 학생들에게 그렇게 교육한다. 양면성이 있는데도 한쪽 면만 강조하려는 경향이 강하다. 남이 하면 왜곡이고 내가 하면 사실에 근거한 것인가? 나에게 보이는 어두운 면일지라도 비난만 하지 말고 타산지석으로 삼아 어두운 역사가 재현되지 않도록 해야 하는 것이 더 중요하지 않은가? 현재의 눈으로만 과거를 보지 말고 그 당시의 상황으로 돌아가서 판단해야 하는 것 아닌가? 정권이 바뀔 때마다 역사 교과서 내용이 바뀌어야 하는 것은 아닌 것 같다. 역사적인 사실 전체를 있는 그대로 다 보여주고 해석이나 판단은 똑똑한 국민들에게 맡기는 것이 바람직한 방법이 아닐까?

변화의 속도

인류의 역사는 전쟁의 역사다. 종족이나 국가 간의 분쟁이나 전쟁은 인류의 역사와 함께 시작되어 지구는 한순간도 조용한 적이 없었으며, 지금도 지구상 어디에선가 전투가 벌어지고 있다. 무기는 전쟁에 사용되는 도구로 그 시대의 과학 기술이 고스란히 담겨 있으며, 전쟁의 승패에는 병력의 이동 수단, 식량의 조달 등도 큰 영향을 미치기 때문에 전쟁과 무기의 발전을 고찰해 보면 인류 문명이 어떻게 발전하고 변화해 왔는지를 알 수 있다. 칼과 창으로 싸우던 고대로부터 스텔스 전투기, 드론, 인공 지능이 설치는 최근까지의 무기와 전쟁의 발전 과정을 통하여 문명의 변화 속도를 분석해 보자.

고대 중국에서는 여러 나라의 흥망성쇠가 있었는데, 기록이 있어 우리가 잘 아는 《손자병법》의 손무, 손빈이 등장하는 전국 시대(열국지)는 기원전 수세기가 배경이고, 진秦나라가 최초로 중국을 통일한 시기는 BC 221년이다. 이후 장기판에 등장하는 초나라와 한나라의 전쟁(초한지)을 통하여 한나라가 탄생하였다. 2~3세기가 배경으로 조조, 유비, 제갈공명이 등장하는 위촉오 전쟁(삼국지)은 사마씨의 진晉나라로 끝을 맺는다. 《열국지》, 《초한지》, 《삼국지》의 배경만 따져 보아도 약 천 년 정도의 시간적 차이가 있지만 등장하는 무기와 이동 수단들은 거의 유사하다. 칼, 창, 활, 방패, 공성무기, 말, 배(목선) 등인데 전국 시대 이전이나 삼국 시대 이후, 수나라와 당나라의 고구려 침공, 신라와 백제의 황산벌 싸움, 칭기즈칸의 몽골 제국 초기에 이를 때까지 큰 변화가 없었다. 서양에서도 고대 그리스와 터키의 트로이 전쟁, 알렉산드로스 대왕의 동방 원정, 로마와 카르타고의 포에니 전쟁, 카이사르의 갈리아 정복이나 황제가 다스린 로마 시절 초기에 사용된 무기나 이동 수단도 가끔 동원되는 코끼리를 제외하면 고대 동양의 무기와 큰 차이가 없다.

전쟁과 무기의 역사에서 가장 큰 혁신은 화약의 등장이다. 10세기 무렵 중국에서 제조법이 발견된 화약은 가연성, 폭발성을 이용, 13세기경부터 전투에 사용되다가 화포나 총으로 발전하여 고대의 전쟁 양상을 획기적으로 바꾸어 놓았다. 임진왜란 해전에서 조총과 칼로 무장하여 근접전 능력이 탁월했던 일본군은 함포를 탑재한 조선 수군의 판옥선에 참패하였고, 총포로 무장한 스페인은 칼, 창으로 무장한 아메리카 원주민을 학살 수준으로 제압하였다. 이 무렵에도 대형 포는 판옥선처럼 사람이 노 젓는 목선에 탑재하거나 사람이나 말이 끌어야 했기 때문에 기동력이 크지는 않았다.

전쟁뿐만 아니라 인류의 생활 자체를 크게 바꾼 또 하나의 계기는 기관(엔진)의 발명이다. 18세기 후반 영국에서 등장한 증기 기관은 산업혁명의 기반이 되었으며, 연이어 등장한 가솔린 엔진, 디젤 엔진,

증기 터빈은 추진기Propeller와 더불어 군함의 크기와 속력, 이동 거리를 획기적으로 변화시켰다. 제철, 제강 기술의 발전으로 전함, 잠수함, 전차(탱크) 등 기동력이 우수하고 포를 탑재한 운송 수단이 전장에 등장하게 되었으며, 대형 전함은 군사력의 상징이 되었고, 해양을 지배하는 나라가 세계의 무역과 자원을 장악하여 강대국이 되었다.

미국의 라이트 형제가 1903년 인류 최초로 단거리 비행에 성공하여 등장한 항공기는 1차 대전 무렵에는 전장에서 정찰 수준의 역할을 수행하였다. 이후 빠른 기술 발전으로 2차 대전을 통하여 전투기, 폭격기가 본격 등장하여 전장을 지상, 해상, 공중까지 3차원으로 확대시켰으며, 항공모함과 더불어 전쟁의 승패에 큰 역할을 함으로써 대형 전함의 시대가 막을 내리게 되었다. 이 시대에 등장한 로켓 무기는 유도탄(미사일) 시대를 열었고, 핵무기도 등장하여 대량 살상이 가능해졌다. 또한 이 시대는 레이다, 소나, 통신기 등 첨단의 과학 기술이 속속 무기에 접목되었고, 유도탄 기술은 군사 위성 기술로까지 발전하여 정찰, 감시 능력도 획기적으로 발전하였다.

1990년 무렵을 전후하여 급속하게 발전한 반도체, 마이크로프로세서, 광통신, 컴퓨터, 인터넷 기술은 일상생활과 전쟁 양상을 눈부시게 변화시켰다. 전쟁에서의 승자와 패자의 싸움을 운동 경기에 비유하면 과거에는 스코어가 6:4, 7:3 정도면 대승이라고 표현되었으나 이 시대에는 기술의 격차로 인하여 9:1 이상으로 스코어가 벌어져 약자는 완패 수준에 몰리다 보니, 알카에다나 아프가니스탄 반군처럼 정면 대응보다는 강한 상대의 약한 부분을 노리는 비대칭 전략을 선택할 수밖에 없는 상황이 만들어졌다. 지금은 스텔스 전투기, 무인 전투기, 무인 우주 왕복선, 각종 유도탄, 레이저 무기 등의 최첨단 기술뿐만 아니라 해킹이나 사이버Cyber전 기술에 최근 무섭게 발전하고 있는 인공 지능AI 등이 복합되면 전쟁 양상이 어디로 흘러가는지도 모를 지경이다.

이상 언급한 전쟁 양상이 지속된 기간을 개략적으로 분석해 보면, 칼과 창이 지배하던 시절이 약 4,000년, 화약은 약 500년, 엔진은 약 150년, 항공기와 미사일이 약 50년, 첨단 과학 기술이 20~30년 정도 지배한 것으로 나타나는데, 최근에는 변화 속도가 빨라져 신구 무기 기술이 혼재되어 있어 구분이 잘 가지 않는다. 어쩌면 세월이 약간 지나서 뒤돌아보면 최근의 변화에 대한 판단이 쉬울지도 모른다. 그런데 4000, 500, 150, 50, 20~30 다음에 예상되는 숫자는 무엇일까? 12? 10? 아무도 자신 있게 단정할 수는 없다. 다만 확실한 것은 과거 수백 년에 걸쳐서 진행된 변화가 지금은 약 10년만 지나면 이루어진다는 사실이다. 우리는 지금 모든 것이 아주 빠르게 변하는 시대를 살고 있는 것이다.

이 세상에 변하지 않는 것은 없다. 정지하고 있는 것은 죽음이다. 지구가 자전과 공전을, 더군다나 23.5도 기울어진 상태로 태양을 돌고 있는데, 태양계도 은하계도 이동하고 있으며 우주도 팽창하고 있으니 사실은 죽음마저도 정지되어 있지 않다. 변화는 직선적으로 꾸준히 오지 않는다. 변화는 가속화하고 있다.

지나간 과거의 변화를 분석해 보고 비슷한 기간의 미래를 예측하면 반드시 실패한다. 국가나 사회나 개인이나 지금은 잠시만 현실에 안주하고 있으면 곧 작은 계단을 만나서 변화의 필요성을 느끼게 될 것이고, 좀 오랫동안 변하지 않고 방심하고 있으면 높은 벽을 만나서 혁신하지 않으면 돌파가 안 되는 상황에 도달할 것이다. 인류가 경쟁적으로 과학 기술을 발전시켜 스스로를 급변하는 시대로 몰아넣는 것은 아닐까 하는 생각이 든다. 급변하는 시대를 슬기롭게 살아가는 지혜는 과연 어디서 찾아야 하는가?

선전 구호

우리 정부가 개별 관광 추진을 구상하고 있는 금강산은 기암괴석과 폭포 등 많은 절경이 있어 언젠가는 세계적인 관광지로 부각될 것이다. 일만 이천 봉 자연의 아름다움이 오래오래 지켜지기를 기대하지만, 지금은 경관이 좋은 곳의 자연석에 훼손된 곳이 상당히 많다. 북한의 삼대 세습 정권 유지와 관련된 내용이 대부분이다. 붉은 글씨로 바위에 새겨진 '주체 사상', '속도전', '자력갱생', '김ㅇㅇ 장군 만세' 등은 길이가 짧아 그나마 다행인데, '강성 부흥할 내 조국의 래일을 위하여'는 좀 긴 내용이고 '내 나라가 제일 좋아'로 끝나는 더 긴 글도 있다. 북한의 대형 공사장에 가면 벽이나 큰 플래카드에 쓰여 있는 구호가 섬뜩하다. "당은 부른다 모두 다 70일 전투로"도 보이는데, 남한의 경우 공사 현장 안내판에 '남은 공사 일정 ㅇㅇ일' 정도로 표현할 것을 북한에서는 '전투는 ㅇㅇ일 남았다' 등으로 표현한다.

평양 방송의 유명한 리춘희 아나운서가 격앙된 말투로 뉴스를 전하는 장면과 오버랩시켜 보면, 자유로운 세계에서 오래 살아온 사람으로서 이런 구호가 인민재판 수준으로 생소하게 다가오지만, 같은 민족의 일상으로 이해할 수밖에 없다. 속도전, 자력갱생, 강성 부흥, 70일 전투 등의 구호를 보면 가난하고, 힘들고, 건설 장비나 유류가 부족하여 대형 공사도 인력으로 해야 하는구나 하는 느낌이 먼저 들고, 이런 상황을 국민(인민)들이 외국, 특히 한국과 비교하여 인식하는 것을 원하지 않기 때문에 전 국토를 구호로 도배하여 의식화시키는구나 하는 느낌도 든다. 1차 대전의 패배에서 벗어나 국민을 단합하는 방향으로 이끌어 가다가 제2차 세계 대전을 일으켜 결국은 국가를 다시 패망으로 이끈 히틀러와 괴벨스가 주동한, 독일 나치 정권의 국수주의적 선전 선동을 보는 듯하다. 중국을 여행하다 보면 북한보다는 적지만, 명승지에 구호가 가끔 눈에 띈다. 역사, 국가 자랑, 또는 공산당 관련 구호다.

국민을 지속적으로 의식화시켜야 한다는 것은 국가나 정부가 뭔가 떳떳하지 못하거나 불안감을 안고 있다는 것을 의미하지 않을까? 국민 소득이 대체로 높고 행복지수도 높은 유럽이나 뉴질랜드, 캐나다, 또는 미국 등지에서는 구호를 거의 볼 수가 없다. 코로나 재난 주의보, 또는 안전 안내 문자도 개인의 휴대폰으로는 보내지 않는다. 기억에 남아 있는 외국의 큰 선전, 또는 안내 문구는 미국 LA 근교 산에 세워져 있는 'HOLLYWOOD' 정도다. 이것도 자연을 훼손하면서 바위에 새긴 것이 아니고 큰 간판을 별도로 세운 것이다.

우리나라는 어떤가? 코로나19 주의와 관련하여 TV에서는 정규 프로그램과는 별도로 계몽적 수준의 사회적 거리두기 등 재난 안전 안내가 아주 많고, 여러 지자체에서 개인의 휴대폰으로 날리는 안전 안내 문자 메시지는 귀찮을 정도로 많다. 길거리를 다니다 보면 내용이 북한보다 순하긴 해도 플래카드나 구호, 엠블럼과 한 세트로 된 구호도 상당히 많다. 주요 웹사이트 내에도 각종 선전용 구호가 많다. 'Hi Seoul', 'Colorful Daegu', 'It's Daejeon' 등 왜 만들었는지 언뜻 이해가 되지 않는 것들도 많고, 구호가 익숙하지 않은 외국인의 눈에 엉터리 영어로 비치는 것도 많다고 한다. 지방 자치 단체를 알리는 내용도 많다. '세계 속의 경기도', '서울을 이끄는 송파', '기분 좋은 변화 품격 있는 강남', '앞서가는 ○○', '행복한 도시 ○○' 등의 광고성, 또는 계몽적 성격의 현수막과 '국민과 함께하는 ○○당'과 같은 선거 현수막이 뒤섞여 있는 것을 보면 과잉이라는 느낌이 든다. 한강 공원에는 코로나19 예방, 쓰레기 수거, 텐트 설치 기준 등을 알리는 현수막이 많다.

우리 국민의 판단력이 부족해서 이렇게까지 세부적으로 계몽해야 하는 수준인가? 주입식으로 계속 교육하면 효과가 있고, 국민 각자의 주관에도 영향을 미친다는 뜻인가? 송파구에 사는 주민 중 송파구가 서울을 이끌어 간다고 생각하는 사람이 과연 몇 명이나 될까? 효과도 없으면서 예산 낭비만 하는 것은 아닌가?

국내 여행을 하다 보면 지자체 여러 곳에서 지역 상징을 조형물로 만들어 크게 세워 놓은 곳이 많다. 어떤 것들은 좀 조잡하거나 어색하게 보이기도 하여 주민들이 흉물스럽다고 철거를 요구하기도 한다. 아마도 지자체장의 주장으로 국민들의 세금이 들어간 예산을 투자하여 상징 조형물을 만들었을 것이고, 지자체장이 바뀌면 보기 안 좋은 조형물은 또 예산을 들여 철거할 것이다.

외국의 유명 공항 근처를 지나다 보면 기업이나 상품 선전용 입간판을 종종 보게 된다. 삼성이나 LG를 보면 반갑기도 한데, 전체 비율로 보면 일본 회사나 제품 광고도 많이 보인다. 아마도 한국, 중국, 일본, 북한은 이런 선전 분야에서 문화적 공통점이 있나 보다.

우리는 과거에 한때 혁명 공약, 국민교육헌장, 군인의 길 등 많은 것을 외우도록 강요받았다. 시험에 나오기도 했고, 어떤 경우에는 학생들을 강당에 모아 놓고 암송에 성공하는 학생만 밖에 나가서 자유 시간을 갖게 했다. 우리나라도 명승지 곳곳에 이름을 새겨 놓은 바위가 많고, 그중에는 아주 오래전에 새겨진 것들도 있다. 명백한 자연 훼손이다. 외국에 신혼여행을 가서 명승지 바위에 왔다 갔다는 기록이나 이름을 남겼다가 거액의 복구비를 배상하는 경우도 있다. 지금도 거리 곳곳에 남아 있는 정치권 플래카드, 대기업 정문 근처의 플래카드나 천막, 여의도 국회 근처의 여러 가지 소란과 어지러움, 광화문 광장의 많은 천막, 정치적 이슈가 있을 때 피켓 들고 모이는 군중 등을 볼 때마다 이런 모든 상황이 우리의 문화나 인식과 공통적으로 연관되어 있는 것 같은 느낌이 든다.

선진 20개국 수준에 올라갔다고 자부하며 세계 10대 무역 강국이라는 우리나라의 일상에서 만나는 다양한 선전 구호가, 우리의 1970년대 수준의 경제력을 가진, 대외 개방을 두려워하는 삼대 세습 정권의 선전 구호나 의식화, 또는 사상 교육과 표현 강도나 단어의 차이를 제외하면 유사하게 보이는 이유가 무엇일까?

포장지 문화

해군사관학교, 해군 군수사령부, 해군 기지사령부 등 많은 해군 부대와 시설이 모여 있는 창원시 진해구는 군사 도시로 알려져 있지만, 해군 관련 사전 지식이 없이 외부에서 오는 방문객에게는 군 관련 시설의 입구만 보일 뿐 여느 중소 도시나 별 차이가 없어 보인다. 그러나 과거에는 차량을 타고 부산, 창원, 마산 방면에서 진해로 들어올 때면 입구에서부터 군사 도시의 인상을 강하게 풍겼다. 검문소의 헌병, 지금의 군사 경찰이 차를 세우고 탑승자를 확인하며, 버스의 경우 헌병이 승차하여 현역 군인의 탑승 유무를 확인한 후 통과시켰다. 아마도 휴가증이나 출장 증빙이 없는 장병의 이동을 단속하는 것이 주목적일 것이다. 업무상 해군 부대를 출입할 경우에도 정문에서 사전 요청된 내용과 비교, 신분과 차량을 일일이 확인한 후 출입증을 받고, 소속 부대에서 안내자가 나와 동행한 후 방문, 업무를 볼 수 있다. 나올 때는 부대 출입증은 반납하고 맡겨 놓은 개인 신분증은 찾아와야 한다. 해군 소속은 아니지만 국방과학연구소처럼 해군 부대와 자주 긴밀히 협조를 해야 하는 소수 기관의 일부 간부들에 한하여 사전에 신분 조회를 실시한 후, 업무 수행의 편의를 위하여 개인에게는 상시 출입증, 차량에는 고위 장교들에게 제공되는 출입 스티커를

국가와 국민, 조직에 대한 생각

발부해 주기도 했다. 군 관련 업무 수행에 큰 편리함이 제공된 것이다.

그런데 군부대 출입 스티커가 전면 유리창에 붙은 차량을 운전하는 민간인이 진해 지역을 벗어나거나 돌아올 때 검문소에 도착하면 헌병의 거수경례를 받고 검문 없이 무정차 통과한다. 주말에 가족과 함께 외지에 갈 경우 동승한 초등학생 자녀의 눈에는 이럴 때 아빠가 대단한 사람으로 보인다. 씩씩하고 멋있어 보이는 헌병의 경례를 받고 검문도 없이 바로 통과하는 사실이 신기하게 보인다. 그런데 군부대 출입증과 차량 스티커는 정기적으로 갱신 발급된다. 갱신 기간에 기존 스티커를 떼어 반납하면 신분 확인을 거쳐 재발급받는 데 1주일 정도가 소요된다. 갱신 기간 차를 운전하여 헌병 검문소를 통과하면 헌병은 경례도 없이 차를 세우고 내부를 확인한 후 차량을 통과시킨다. 그때 동승한 초등학생은 이해할 수가 없다. '갑자기 아빠가 어떻게 되었나? 당당하고 자랑스럽던 아빠가 갑자기 헌병의 검문을 받네?' 그동안 헌병이 탑승자가 아니고 차량 스티커에 경례를 해왔다는 사실을 가족들이 깨닫기까지는 시간이 좀 걸릴 것이다.

직장에서는 조직 관리상 조직의 장이나 중간 관리자를 둘 수밖에 없다. 부서장이나 관리자의 명칭은 조직의 크기나 특성에 따라 다양하다. 부서장들은 통상 부서 직원들에 대하여 평가나 인사권을 가진다. 업무만 잘하면 평가를 잘 받겠지만 인성이나 화합 능력 등도 고과에 영향을 주니 관리자, 또는 상관에게 인사도 잘하고 가끔 존경하는 발언, 즉 약간의 아부도 한다. 그러다가 부서가 바뀌거나 상관이 퇴직, 또는 전역을 하면 잘 보일 필요가 없어졌으므로 평소의 관계로 돌아가거나 미움이 되살아나기도 한다.

부서의 장이나 상관이 조직 구성원들의 칭찬이나 경례를 받고 자신이 훌륭하다고 생각하고 우쭐해지면 모자라는 사람이며 착각 속에 사는 것이다. 장의 지위나 계급장은 완장과 유사하여 최소한의 권한은 주어지지만, 책임이 우선이다. 팔에 완장을 채워주면 포장지에 불과한 완장 하나만으로도 남에게 군림하려는 사람이 많다. 그런 사람들은 전역을 하거나 퇴직을 하고 나면 후배나 부하들로부터 받는 호칭이 변한다는 사실과 연락이 잘 오지 않는다는 사실을 본인은 한참이 지나서 알게 될 것이다.

계급, 직위, 학벌, 출신, 과거의 명성, 외모, 복장 등은 포장지 성격이 강하다. 외부에 비치는 모습이나 스펙을 무시해도 된다는 뜻은 아니지만, 우리나라는 대체로 겉모습에 너무 큰 비중을 두고 있다는 생각이 든다. 명절 선물의 과대 포장은 일상화되어 있는데, 정부가 재포장이나 과대 포장을 규제하기로 한 것은 바람직한 일이다. 본질은 하나도 변함없는데 인건비와 재료비가 더 소모되고 자원도 낭비되기 때문이다. 우리나라에서 학벌은 누구도 함부로 얘기해서는 안 될 성역 수준이다. 우리나라에는 고학력자가 많지만 공직자 자격 심사 결과나 청문회 과정을 보면 논문 표절과 대필이 많고, 박사 학위도 문제점이 많아 보인다. 직장에서 석사 학위 이상의 신입 채용 면접에 참여하면 선택이 너무 어렵다. 취업난도 원인이겠지만, 모두 소위 말하는 우수 대학, 우수 대학원, 높은 학점, 봉사활동이나 뭔가에 도전한 기간 1년, 해외 어학연수 1년, 높은 영어 점수, 술은 소주 1병, 운동은 좋아함, 친구 관계 좋음, 어린 시절 약간의 고생 경험…. 아무나 뽑아도 문제없을 것으로 보이는 높고 유사한 스펙의 응시자가 많기 때문이다.

짧은 시간에 비슷한 색깔의 포장지 속 본질을 파악하기는 매우 어렵다. 외부 포장지 스펙이 비슷하면 차이 나는 본질은 숨어 있는 인성이다. 일부 대기업처럼 상당 기간 수습사원이나 인턴으로 근무를 시켜보고 싶은 생각도 든다. 최종 선정 과정에서 후배들과 선발에 대한 논란이 생기면, 나와는 생각이 다르지만 신입과 오래 같이 일할 후배들 의견을 존중하여 최종 결정을 하곤 한다. 수년 뒤, 당시 결정에 대하여 후배들의 후회와 한숨 소리가 들려올 때도 있다. 옛날의 어떤 대기업처럼 관상쟁이를 면접에 참여시켜야 하나?

우리나라는 중고 휴대폰과 중고 자동차 수출을 아주 많이 한다. 성능이 괜찮은데도 가격은 저렴하기 때문인데, 본질은 자동차나 휴대폰이나 오래 사용하지 않고 자주 새것으로 바꾸는 경향이 보편화되어 있기 때문이다. 외국에서 생활하다가 국내에 들어와서 승용차를 보면 큰 차가 많고 대부분 새 차로 보인다.

우리나라는 얼굴 성형을 많이 하는 편이다. 따라서 성형 기술이 발전되어 코로나19 사태 이전까지는 해외에서도 얼굴 성형을 위하여 한국을 여행 오는 사람들이 많았다. 외모 중시 풍조가 때로는 외화

획득에 기여한다는 사실이 재미있게 다가오기도 한다.

종업원이 한 명이거나 혼자서 사업을 하는 사람들도 사장으로 호칭되고, 또 그렇게 불리기를 좋아한다. 이러한 명칭의 인플레이션은 비단 개인뿐만 아니라 기관이나 조직에서도 통용된다. 새 국회가 개원하면 서로 1호 법안을 제출하려고 경쟁이 심하여 밤샘 줄서기도 한다. 세계 최초 정도면 이해가 되는데, 아시아 최대, 국내 최고 등을 내세우는 경우도 많다. 상징성은 있겠지만 모두 본질은 큰 차이가 없다.

우리는 사람을 만나면 얼굴이나 옷차림 등을 살피거나 심한 경우 위아래를 훑어보는 경우도 있다. 사람 자체가 아닌 외관을 보고 뭔가를 살피는 것이다. 명함을 받거나 소개를 받아 상대를 파악하고 나면 고개를 숙이거나 약간 무시하는 경우도 있다. 우리는 유럽 등 서양과 비교하면 외적인 포장지를 많이 중시하는 것 같은데, 어쩌면 인구 밀도가 높은 나라에서 남의 눈을 의식한, 상대 비교에 의한 열등감을 어떻게라도 감추고 싶은 욕망이 원인인지도 모른다. 욕심이 너무 앞서면 위조, 표절, 무리수, 속임수 등의 유혹에 빠질 수도 있다.

고등학교 학생들의 고민에 대한 설문 조사 결과, 1위가 공부(성적), 2위가 외모란다. 경제 수준이 높은 한정된 집안 얘기지만, 나이 들어도 장가 못 가는 아들을 나무라지 말고 외제 차 사 주라는 얘기도 있다. 또래 여자들은 모두 상대 남자의 경제적 포장지를 중시한다고 생각하는 것이다.

포장지의 중요성이 많이 사라진 곳이 스포츠 분야다. 과거에는 체육 분야에도 3~4개 대학이 주름잡던 시절이 있었다고 한다. 그러나 프로 스포츠가 활성화되고 외국과의 선수 교류가 활발해지면서 실력이 연봉이고, 출신이나 체형, 외모 등 포장지는 중요성이 아주 낮아졌다. 프로 세계에서는 과거에 명성이 자자했던 선수도 나이 들어 체력은 떨어지는데 고연봉을 고집하면 어느 팀도 받아 주지 않는다.

조선 시대 실학자들이 좋아하던 문구 중에 실사구시라는 말이 있다. 포장지, 껍데기, 허물은 모두 벗어 버리고, 이상에 너무 얽매이지 말고 본질에 조금 더 충실한 나라로 발전할 수 없을까?

나이와 머리

30대 중반부터 흰 머리카락이 조금씩 생기기 시작하더니 40대 초반 무렵에는 거의 반이 백발이었고, 50대 초반 무렵에는 검은 머리카락을 찾아보기 어려울 정도가 되었으니 살아오면서 흰머리와 관련된 재미있는 추억이 아주 많았다. 백발 때문에 몇 가지 별명도 얻었는데 그중에는 등대, 백두산, 킬리만자로, 흰머리 소년도 있었다. 40대 중반에 딱 한 번, 짧은 기간 염색을 해본 적이 있는데 기억하는 사람은 없으며, 직장이나 사회에서 만나 알게 된 7~8년 이상 아래 후배들은 대부분 검은 머리는 본 적이 없다고 한다.

우리 민족은 검은 머리로 태어나 나이가 들면서 조금씩 머리카락이 센다. 평균 수명이 길어지면서 머리를 검게 염색하는 나이 든 사람들이 많은데, 염색약과 염색 기술이 좋아졌고 건강과 피부색도 좋아져 요즈음은 나이와 염색 여부를 가늠하기가 쉽지 않다.

일찍 세어버린 머리카락 때문에 40대부터 할아버지 소리를 자주 들었다. 10살쯤 젊어 보이는 세대들이 할아버지로 취급해놓고 미안해하거나 당황하는 경우를 많이 보았지만, 젊을 때부터 워낙 자주 듣던 얘기라 아무렇지도 않았다. 운동을 꾸준히 해온 사람이 40살에 축구를 하는 것은 요즈음은 평범한 일인데도, 40살 무렵 다른 직장과의 축구 경기에 출전하면 멀리서 구경하는 사람들이나 근처 학교 학생들로부터 "할아버지 파이팅!"이라는 소리를 많이 들었다. 그렇게 시간이 흐르다 보니 나도 모르게 남들로부터 할아버지 취급당하는 것이 당연시 여겨졌고, 기분이 별로 나쁘지도 않았다. 오히려 재미있는 상황이 종종 연출되기도 했기에 몸단장 자체에 별 관심이 없는 관계로 염색은 잊고 살았다. 딸이 어린 시절에는 딸의 친구들이 딸의 할아버지로 알고 있었으며, 아내와 같이 병원에 가면 딸이나 며느리를 보호자가 데리고 온 줄 아는 경우도 있었다.

40대 후반 무렵, 축구 경기 후유증으로 8년 후배인 K 실장과 함께 병원에 물리치료를 받으러 간 적이 있었다. 둘이서 침대 두 개에 나란히 누워 치료를 받는데, K 실장과 같은 아파트에 거주하여 아는 사이인 물리치료사가 K 실장에게 어떻게 하다가 다치게 되었냐고 물었다. 축구하다가 그랬다고 하니 그 나이에 무슨 축구를 하느냐고 계속 지적하는 것이다. K 실장은 더 이상 참지를 못하고 옆에 있는 저 선배 (할아버지)랑 같이 축구했다고 하니 물리치료사는 아무 말도 못 했다.

공원을 걷다가 축구장에서 철망 담을 넘어 날아온 공을 주워 뻥 차서 담 너머 축구장 안쪽으로 다시 넘겨주면 축구하던 30대들이 대단한 할아버지 봤다는 듯이 감탄했던 경우도 있었다.

여권 사진은 기간이 지나면 사용해서는 안 되는데, 세월이 조금 지나서도 가지고 있던, 흰 머리카락이 많지 않은 사진을 무심코 붙였다가 우리말도 영어도 통하지 않는 모스크바 공항 입국장 입국 심사대에서 통과가 안 되는 순간도 있었다. 입국은 안 시키고 모르는 러시아어로 옆 사람과 뭔가 얘기를 하면서 얼굴과 여권을 여러 차례 번갈아 보는 순간, 겨우 상황을 파악하고 여권 사진보다 더 하얗게 보이는 머리카락을 손으로 가렸더니 그때서야 웃으면서 입국을 허락하였다.

50대 중반 이후에는 지하철을 타면 자리를 양보받는 경우가 종종 있어 피해를 안 주려고 습관적으로 경로석 쪽으로 가는데, 경로석에서도 자리를 양보받는 경우가 많았다. 상대는 신경 써서 자리를 양보하는데, 괜찮다고 사양을 하면 또 권하고 해서 앉지 않으면 상대방이 불편해할까 봐 앉아야 했다. 고궁이나 국립공원에 입장권을 사러 가면 꼭 경로 아니냐는 질문을 받는다. 그때마다 내년부터라고 여러 해 동안 같은 답을 해 왔다. 물론 지금은 경로 우대 대상이지만. 일반인 창구에 입장권을 사러 가면 나이 묻지 말고 그냥 일반인 입장권 주면 안 되나?

40대 중후반 나이에 미국 국방부 획득대학DAU에 100일간 연수를 간 적이 있었다. 같이 연수를 받는 미군들이 대부분 영관급 장교들인데, 비슷한 나이의 대령급 장교 소수를 제외하면 나머지는 조금 젊은 40대 초중반이었다. 평소에 한국에서 할아버지 대우를 받아온 사람 입장에서 동료들이 대부분 젊게 보이지만, 같이 교육받는 동일한 입장이라 사전에 정해진 호칭대로 미국식으로 부르면서 편하게 지냈다. 그러다가 미군의 진급이 한국군보다 조금 늦고, 한국 해군의 구축함 함장은 대령 계급인데 미 해군 순양함이나 구축함 함장은 중령이라는 사실을 발견하고 진급과 나이에 대하여 대화를 하게 되었는데, 한국에서 할아버지로 통하는 사람의 나이를 미군들은 대부분 30대 중반으로 짐작하고 있다는 것을 알았다. 순간 이상하게 들렸으나 차분히 생각해 보니 이해할 수 있었다. 미국에는 피부색이나 머리카락 색깔이 워낙 다양하여 머리카락 색깔로 나이를 가늠하지 않기 때문에 피부가 일찍 노화하는 서양인 눈에는 키 작은 동양인이 태생적으로 회색 머리카락을 가진 젊은 사람으로 보이는 것이다. 실제 나이는 40대 중후반인데, 한국에서는 60대, 미국에서는 30대 취급을 당하는 셈이다.

직장 동료 중에 젊은 시절에 탈모가 진행되어 다양한 노력을 했지만, 40대 중반부터 머리카락이 별로 남지 않고 가발도 쓰지 않아 종종 할아버지 취급을 당하는 친구가 있었다. 그 친구도 사오십 대에 이미 노인 취급을 당하거나 할아버지라고 불린 경우가 자주 있었다고 한다. 그 친구는 60대 초반에 일반인 입장권 구매 창구 줄에 서면 경로 우대를 모르고 왜 그쪽에 서 있느냐고 야단맞는 경우도 있었다고 한다.

우리나라는 나이가 많아 보여서 큰 손해를 보는 경우가 많지는 않다. 그런데 머리카락이 없는 그 친구와 같이 어딘가에 가면 둘은 무조건 노인 취급을 받는다. 머리숱이 없는 경우와 하얗게 센 경우가 합쳐져서 일으킨 상승 작용이라고 해야 하나?

또 다른 친구 중 한 명은 머리카락이 세지도 빠지지도 않아 나이 든 할아버지 취급을 안 받는다고 자부심 속에 살아오다가 50대 후반 어느 날, 은행 창구에서 은행원으로부터 "아버님 도장 주세요."라는 얘기를 듣고 내 통장인데 왜 우리 아버지 도장을 달라고 하느냐고 항의를 했단다. 나이가 들면 머리카락이 아니더라도 분위기가 변하는 것은 막을 수가 없는 모양이다.

60대 초반에 서울로 이사 와서 연말에 고등학교 동기동창회 서울 모임에 처음 나간 날, 2층 모임 장소에 올라가려고 엘리베이터를 탔는데 나이 든 할아버지 둘이 같이 탔다. '2층에 나이 든 사람들 모임이 하나 더 있구나.' 하고 생각하면서 내렸더니 같은 동창회 모임에 참석하는 동기들이었다.

우리 사회는 나이를 중시하고 남의 나이에 관심이 많은 것 같다. 선후배, 형님 동생 따지려고 그러는지? 나이는 나이고 인격은 인격인데, 나이에 따라 뭔가 차별하려는 의도가 깔려 있는 것 같기도 하다.

나이는 숫자일 뿐이라는 말이 있다. 어른들이 서너 살쯤 된 애들을 만나면 몇 살이냐는 질문을 자주 한다. 어린 애들은 속으로 이상하게 생각할 것이다. 어른들은 왜 자기 나이는 안 밝히면서 남의 애들 나이에 관심이 그렇게 많지? 어차피 포장지에 적힌 숫자일 뿐인데….

오래전에 이미 하얗게 세어 버린 머리로 10년 이상 자연스럽게 살았는데, 경로 우대 나이 근처를 지나면서 하얗게 센 머리카락이 중심부터 빠지기 시작한다. 머리카락의 변화는 후천적인 면도 있겠지만 타고난 DNA 영향이 제일 큰 것으로 보인다. 그렇지만 더 이상 고민할 필요는 없다. 어차피 타고난 것인데…. 세상 태어나서 많은 경험을 하는 것도 축복인데 자신의 눈에는 보이지도 않는 머리카락 색깔이나 숫자에 연연해 할 이유가 없다. 우리나라는 유행에 민감한 나라이니 혹시 검은 머리를 하얗게 염색하는 시대가 올 수도 있지 않을까?

실명과 익명

오랫동안 신문이나 라디오 또는 TV에 의존하던 정보나 뉴스를 최근에는 주로 스마트 폰을 이용하여 인터넷상에서 얻는다. 신문, 라디오, TV에서도 구독자나 시청자가 참여하여 의견을 제시하는 부분이 있지만 아주 제한적이고, 또한 실시간으로 참여하기는 쉽지 않다. 그렇지만 인터넷상에서는 정부의 정책이나 기자의 기획 기사, 또는 발생한 사건에 대하여 댓글 형태로 많은 사람이 동시에 참여하여 개인 의견을 실시간으로 제시할 수 있다. 그런데 발표되는 기사는 작성자가 밝혀지는데 댓글은 아직 실명제가 아니어서 익명 수준의 인터넷 주소명으로 표시되기 때문에 다소 과격하고 험한 표현들이 난무하는 경우를 종종 본다. 특히 선거철 정치적 이슈나 코로나19 전파, 한일 관계, 대북 관계 등 첨예한 대립 관계의 사안에 대해서는 게시자의 의견을 직권으로 삭제하고 싶을 정도로 심한 표현들이 많다.

그런데 실명으로만 댓글을 작성하게 하면 어떻게 될까? 등산로 주변이나 낚시터 주변의 정화 작업이란 몰래 버린 쓰레기를 수거하는 일이 주된 일이다. 혹시 쓰레기 등의 비닐봉지에 버린 사람의 주소나 전화번호가 적혀 있다면 아무 데나 쉽게 버릴 수 있을까? 아파트 단지마다 쓰레기 종량제 봉투 속의 내용물이 가끔 문제가 되고, 아파트 게시판이나 방송에는 쓰레기 버릴 때의 주의 사항이 종종 언급된다. 종량제 봉투를 판매할 때 구매자의 연락처나 이름을 봉투에 프린트 해서 주면 내용물 문제는 해결될 것 같기도 한데, 개인정보 보호 문제로 실현은 불가능할 것으로 보인다.

전화 통화에서도 통화 초기에 자신을 밝히기보다 습관적으로 남을 먼저 알려는 사람이 많은 것 같다. 우리는 지금보다 좀 더 당당하게 자신을 먼저 밝히고 필요한 의견을 실명으로 제시하는 방향으로 발전해야 하지 않을까?

아침에 집을 나가서 저녁에 들어오면 건물이나 교통 신호등 여기저기에 설치되어 있는 CCTV에 약 30회 정도 찍힌다고 한다. 남이 안 볼 것 같고 모를 것 같지만, 우리는 일상에서 CCTV 감시를 수시로 받고 있다.

지금은 우리 모두 금융실명제에 익숙하지만 1993년 시행 이전에는 도장만 만들면 아무 이름으로 은행 예금을 할 수 있었다. 동문회나 단체의 회비 관리에 많이 사용했지만, 개인들의 재산 은닉이나 비자금 조성에도 활용되었다. 지금도 익명은 아니지만 명의 신탁 제도가 있어 본인이나 자녀의 세금 회피 목적으로 활용되기도 한다.

북한 방송에는 당의 명령, 당의 지시가 종종 등장한다. 당의 최고 책임자가 존재하는데도 책임자 실명이 아니고 당이라고 표현하는 것은 다수의 사람들이 결정했다는 것과 잘못되었을 경우 책임감이 분산되는 효과를 노린 것이 아닌가 하는 생각이 든다. 실명이 아니면 어떤 형태이든 책임 회피이거나 또는 정의와는 약간 다른 모습으로,

때로는 음해나 투서의 모습으로 나타나기도 한다.

국회 표결 방법에는 크게 기록 표결과 비기록 표결로 나누어지는데, 주로 실시하는 전자 투표는 공개된 기록 표결이고, 무기명 투표는 비기록 표결이다. 같은 사안에 대하여 기명, 무기명 두 가지 방법으로 두 번 표결한다면 같은 결과가 나올까? 국회에서의 모든 표결은 기록 표결로 하여 유권자들이 선출한 대표의 견해를 알아야 할 것으로 생각한다.

반면 익명이나 비밀 유지가 좋은 경우도 있다. 전 국민을 대상으로 하는 선거나 국민 투표에서는 비밀 투표가 당연하다. 연말이나 명절에 얼굴 없는 천사가 나타나 익명으로 이웃 돕기 성금을 두고 가는 사례가 있다. 이 경우는 비록 익명이지만 아름다운 사례로 보인다.

스포츠 분야에서는 선수와 감독은 널리 알려져 있고 운동복에 실명을 표시하는 경우도 많다. 구경하거나 응원하는 관중이나 팬은 다수로, 실명을 밝히지 않고 인터넷 댓글로 선수나 감독을 평할 수가 있다. 과거에 TV로 운동 경기를 보면서 소리 지르거나 선수나 감독을 욕했던 것을 이제는 글로써 공개하는 것이다. 실명이 아닌 관계로 표현이 과격하여 선수나 감독이 마음을 상하는 경우도 있고, 그로 인해 가끔 극단적인 선택을 하는 사례도 있다. 레저 게임이라고 하지만 스포츠 도박으로 보이는 스포츠 토토에서 돈을 잃었거나 혹은 경기 내용에 영향을 미칠 목적으로 특정 선수나 팀을 대상으로 악성 댓글을 다는 경우도 있다고 한다.

가끔 스포츠계에서 전문가 수준의 분석이나 해결책을 제시하기도 하며, 또 어떤 경우에는 전문가도 아니면서 주변에 제기된 기사를 적당히 조합하여 전문가처럼 행세하는 경우도 있다. 어느 날 국내 프로 야구 구단 운영의 문제점을 지적한 댓글을 읽은 감독이 글을 게시한 사람과 만나 구단의 문제점을 진지하게 토론하고 싶다고 운동장에 초청하니 잠적해 버리는 경우가 있었다. 실명으로는 떳떳하게 나타나지 못하는 것이다.

　장기판에서 훈수는 야단맞아 가면서도 한다는 말이 있다. 바둑이나 장기를 구경꾼 입장에서 보면 승패 부담 없이 전체 상황을 한눈에 볼 수 있으니 가끔 장기를 두고 있는 선수보다 더 좋은 수를 찾아내는 경우가 있다. 그러나 야구, 축구 같은 단체 경기에서 프로 선수나 감독을 쉽게 보아서는 안 된다. 선수 시절 산전수전 다 겪어 내공이 어느 정도 이미 쌓여 있는 감독은 그동안의 훈련 결과와 모든 선수의 당일 컨디션, 상대 팀에 대한 분석, 장기적인 선수 육성 등 모든 상황을 검토하고, 전문 분야 코치들과 상의하여 전문가 입장에서 결론을 내린다. 하지만 승패에 대한 책임도 없이 취미 생활을 즐기고 있는 아마추어 구경꾼이 일시적인 상황만을 보고 실명도 안 밝히고 자유롭게 의견을 내는 것은 구경꾼의 특권이기는 하지만, 개인 생각일 뿐 팀 운영에 영향을 줄 수 있다고 생각하는 것은 어리석다고 볼 수 있다.
　스포츠 경기를 구경하는 방법에도 여러 가지가 있다. 승패와 무관하게 단순히 재미로 구경하거나 특정 팀을 응원하면서 볼 수 있고,

특정 선수의 움직임을 중심으로 보거나 감독의 입장에서 작전까지 세워가며 전체를 볼 수도 있다. 축구의 경우 제일 높은 스탠드에 가서 22명의 움직임을 보면 TV 보는 것과는 다른 재미가 있고, 야구는 세부적인 공격 작전이나 수비 쉬프트까지 관심을 두면 더욱 재미있는데, TV에서는 주로 핵심만 크게 보여주기 때문에 아쉬울 때도 많다. 야구팀 감독 입장에서 구경하면 아무도 모르게 혼자 마음대로 상상하고 작전 지시를 할 수 있으므로 결과에 따라 스스로 재미와 아쉬움을 느낄 수 있으나, 실명을 걸고 팀 성적에 따라 시즌 중에 해고되는 불명예를 감수해야 할지도 모르는 감독의 스트레스를 모두 이해할 수는 없을 것이다.

2부

국방에

대한 생각

거북선의 엔진

16세기 말 임진왜란 때 수많은 해전을 승리로 이끈 이순신 제독과 당시에 사용된 판옥선과 거북선에 대해서는 그동안 많은 연구가 이루어져 왔다. 특히 승리의 주역이었던 판옥선에 대해서는 크기와 구조 등에 대하여 상당한 사료가 존재하여 탑재된 포와 전술 운용까지 많이 밝혀져 있다.

판옥선은 일본 군선에 비해 속력은 조금 느렸지만, 튼튼한 구조, 양호한 조종 성능, 높은 전투 갑판, 포술 등에서 우수성이 입증되었고, 전장에서 상대를 압도하였다. 그러나 판옥선을 기본으로 삼아 갑판을 통합하여 덮개를 씌우고 큰 못을 박아 돌격선으로 개조하여 만든 거북선은 척수가 적을 뿐만 아니라 사료도 부족하여 상세하게 알려져 있지는 않다.

판옥선과 거북선은 추진 장치로 돛과 노를 사용하였는데, 장거리 항해에는 돛을, 입출항이나 전투 시에는 주로 노를 사용하였다. 임진왜란 해전 승리의 요인으로 이순신 제독의 사전 준비와 리더십, 전술, 포술, 판옥선과 거북선의 장점 등은 수차 거론되어 왔으나 추진 장치로 사용된 동양식 노가 승리에 큰 기여를 한 사실에 대해서는 그동안 조금 소홀히 다루어져 온 것 같다.

현대 해전이 벌어진다면, 스텔스 선체, 레이다 탐색, 전자전, 장거리 미사일 등의 성능과 군사 위성, 정찰기, 잠수함 등 첨단 군사 과학 기술이 총동원된 각축장이 될 것이고, 첨단 기술의 격차는 승패와 직결될 것이다. 그러나 2차 세계 대전 초까지만 하더라도 군함은 튼튼한 선체와 대형 함포가 주력 무기로 거함거포가 전장을 지배하였다. 항공모함과 항공기, 그리고 어뢰가 등장함에 따라 거함거포 시대는 막을 내리게 되는데, 무기가 아니라서 전투에 큰 영향을 미치는 것 같지 않으면서도 종종 결정적인 영향을 주는 것이 군함의 추진 기관과 방향타이다. 엔진이나 추진기Propeller, 또는 방향타가 손상되면 해양에서 이동할 수 없어서 아무리 막강한 무장을 하고 있더라도 적함이나 항공기, 또는 잠수함의 손쉬운 먹잇감으로 전락했다.

제2차 세계 대전 때도 이런 사례가 많았다. 동남아에 파견되어 있던, 영국이 자랑하던 전함 프린스 오브 웨일즈는 태평양 전쟁 초기에 일본 뇌격기에서 투하한 어뢰에 기관실을 직격당하여 순식간에 침몰하였다. 독일이 자랑하던 전함 비스마르크는 대서양에 진출하자마자 벌어진 전투에서 영국 전함들을 쉽게 격파하고 영국과 아일랜드를 돌아 점령지 프랑스 항구로 귀항하던 중, 악천후 속에서 영국 뇌격기가 투하한 어뢰에 함미가 피격되고 방향타가 손상되어, 엔진은 살아 있는데도 불구하고 이동을 하지 못하는 상황에서 집중 공격을 받아 침몰하였다. 함포가 군함의 주 무장으로 등장했던 16세기 이후 2차 대전까지 많은 해전에서 추진 동력과 방향 전환 능력은 무장인 함포 못지않게 승패에 큰 역할을 한 것이다.

국방에 대한 생각

엔진과 추진기가 등장하기 전에 선박의 추진 장치로 사용된 노는 크게 두 종류가 있다. 발목 묶인 노예들이 젓던 로마 군선이나 페니키아 군선, 영화에서 보던 바이킹선에서 사용하던 노는 모두 선박의 현측 밖으로 돌출하여 젓는 서양식 노$_{oar}$로서, 하계 스포츠 경기인 조정 경기에서 사용되고 있는 노와 모양과 역할이 동일하며, 통상 방향타$_{rudder}$를 이용하여 좌우 선회를 한다. 따라서 여러 명이 노를 저을 경우, 구령이나 북소리로 장단을 맞추어 각자의 노 젓는 횟수$_{rpm}$를 맞추지 않으면 노끼리 부딪쳐서 추진할 수가 없고, 함선끼리 근접전이 벌어지거나 적함에 올라가 칼로서 적을 제압하고자 할 경우에는 현측의 노를 내리거나 들어 올려 잠시 노 추진을 멈추어야 한다.

우리나라 중국 동남부 일부에서 사용됐던 동양의 전통 노$_{skull}$는 조정 경기의 노와 많이 다르다. 노의 날개$_{blade}$를 배 옆이 아닌 아래쪽 후방으로 비스듬히 내리는데, 물속에 들어가 있는 블레이드 부분의 단면이 비행기 날개 단면과 유사하게 원호를 자른 모양이고, 볼록한 부분을 선수 방향으로 하고 8자 모양으로 휘저어 원호에서 발생하는 양력으로 배를 추진하며, 노의 물 윗부분 자루를 옆으로 잡고 밀고 당길 때 각도를 조금씩 달리하면 선미 방향타 없이도 배의 좌우 진행 방향 조절도 가능하다. 현재에도 서남해안 바닷가 어촌계에서 근거리 이동이나 양식장 관리, 소형 낚싯배 등으로 사용되는 전마선은 동양식 노 하나로 추진과 방향 조절을 동시에 한다. 따라서 서양식 노는 통상 배의 양측에 같은 수로 설치되지만, 동양식 노는 개수와 무관하게 설치 가능하고, 현측이나 선미 어디에 설치해도 상관이 없다.

고대 중국의 군선, 임진왜란 당시의 일본의 군선에는 모두 많은 수의 서양식 노가 설치되어 있었고, 적함과 접촉 시에 노군들은 노를 내리고 무기를 들 수도 있었다. 그러나 판옥선과 거북선은 운용 개념이 확연히 달랐다. 조총과 칼로 무장한 일본군의 장기인 근접전을 피하고, 함포와 활을 이용하여 적함을 격파하고 적을 사살하는 전투원과 노를 젓는 노군을 구분하여 운용하였는데, 노군은 전투에 직접 참여하지 않고 주로 노만 계속 저었다.

판옥선은 물속 선체의 폭보다 물 위 갑판을 넓게 만들어 노군들의 노 젓는 공간을 확보하고, 선체 외판을 높게 올려 노군의 신체를 적의 공격으로부터 보호했으며, 동양식 노를 후방 아래쪽으로 내려 어떠한 전투 상황에서도 노를 저을 수 있어 지속적인 추진과 방향 선회가 가능했다. 또한 아군의 노끼리 겹치거나 간섭이 없으므로 혼란한 전투 상황에서 노군들끼리 노 젓는 속도$_{rpm}$가 달라도 계속 노를 저어 함선의 이동이나 선회가 가능하였다. 물론 왜선의 격파는 함포가, 왜군 직접 살상은 활의 영역이었지만, 판옥선이나 거북선의 노군이 적의 공격에서 방호된 상태로 노를 저어 함선이 계속 움직이고 선회를 할 수 있었다는 것은 엔진과 추진기, 방향타는 항상 살아 있는 상황이므로 전투에서 아주 큰 장점으로 작용하였다. 제1·2차 세계 대전에서 전함끼리의 함포 포격전에서 엔진을 잠시 정지한 전함과 엔진과 방향타가 살아 있는 전함의 전투와 유사한 상황이다. 임진왜란 당시 판옥선과 거북선의 동양식 전통 노 추진 시스템은 해전 승리의 숨은 주역이었다.

우리나라 어촌계나 강나루에 가면 선미에 노를 하나 설치하여 추진과 조종을 동시에 하는 전통 노 추진 배들이 아직 많이 남아 있는데도, 서양식 노를 사용하는 올림픽 조정 경기나 해외 유명 대학끼리의 조정 경기 장면에 익숙해져서 대다수 국민이 노 젓는 차이를 아직도 인식하지 못하고 있는 것 같다. 남해안 지방 자치 단체에서 실시하는 거북선 노 젓기 이벤트 경기에 서양식 조정 경기와 같이 양옆으로 짝수 개의 서양식 노를 젓는 배가 등장하고, 어린이 사생대회 거북선 그림에도 거북선 양옆으로 벌어진 서양식 노가 그려지는 것이 어쩔 수 없다고 그냥 받아들여야 하나?

개념Concept의 중요성

일반 공산품이나 무기 체계는 통상 사용자의 니즈Needs로부터 개발을 시작하여 설계, 제작, 시험을 거쳐 제품화된다. 젓가락이나 압정, 송곳과 같이 세월이 흘러도 필요성이나 특성이 크게 변하지 않으면서 단순한 구조를 가진 물건들은 사용자의 니즈나 제품의 성능을 다양하고 세부적으로 고민할 이유가 크지 않기 때문에 크기나 색깔, 재료 등 몇 가지 사양에 대해서만 아이디어를 구현하여 도면 한 장으로 설계를 완성할 수도 있다. 그러나 새로운 자동차, 전투 장갑차, 항공기, 전략 미사일, 군함 등 크고 복잡한 시스템을 개발할 경우 연구 개발 단계별 명칭에 다소 차이가 있지만, 일반적으로 개념 연구, 개념 설계, 기본 설계, 상세 설계, 제작 및 시험 평가 등 여러 단계를 거쳐 설계와 개발이 완료된다.

개념 연구 단계에서는 요구하는 성능을 만족시킬 수 있는 다양한 대안을 도출하고, 기존 제품이나 적용 가능한 미래 기술도 검토하며, 개발 비용을 추정하고 전체 개발 계획을 개략적으로 수립한다. 개념 설계 단계는 요구 성능의 구현 가능성 여부를 판단하여 목표 성능과 제품의 형상과 전체 개발 계획을 구체화하는 단계이다. 기본 설계는 모형 시험, 모델링과 시뮬레이션 등을 통하여 제품의 길이, 폭, 높이,

중량 등 주요 치수와 최대 속력, 순항 속력, 기관 출력, 탑승자 수, 항주 거리 등 주요 성능을 결정하고, 재료 목록, 장비 배치도 운용 개념 등을 확정하는 단계다. 상세 설계는 부품의 형상과 재료를 확정하고, 제작 도면, 조립 도면을 작성하는 등 제작을 위한 준비를 완성하는 단계다.

설계가 진행될수록 업무가 세분화되어 많아지고 인력 투입과 비용도 늘어난다. 그리고 제작에 착수하게 되면 인력과 비용이 급속히 늘어난다. 따라서 성능이나 설계의 변경이 필요한 경우, 초기 개념 연구, 개념 설계 등 개념 정립 단계에서는 적은 인력과 비용으로 쉽게 짧은 시간에 바꿀 수 있으나, 기본 설계나 부품 제작 단계에서 결함이 발견되어 전체 설계를 변경한다면 시간과 인력이 많이 소요되고 비용의 증가도 꽤 발생한다.

개발 완료 후, 초기 판매 단계에서 부분적 고장으로 리콜이 발생하면 설계 변경뿐만 아니라 부품 재제작, 무상 수리 및 교환이 필요하여 개발 전체 이익에 버금가는 추가 비용이 발생할 수도 있다. 최악의 경우 사용 중 화재 발생 등 사고가 빈번하게 발생한다면 교환을 넘어 회사나 그룹의 다른 제품과 전체 이미지나 브랜드에 치명적인 피해를 줄 수도 있다는 것은 일반화된 상식이다. 따라서 제품의 성공적인 개발을 위해서는 개발 초기 투입 인력이 적고 비용도 덜 소요되는 개념 정립 단계에서 많은 대안을 신중하게 검토하여 전체 계획을 제대로 수립해야 한다.

초기 개념 정립 단계에서는 사양이나 설계 변경이 필요하면 짧은 시간에 적은 비용으로 과감하게 수정할 수 있지만, 이 시기에는 제품의 형상이 구체화되지 않고 다소 모호한 상태라 개략적인 특성을 결정하는 단계라고 업무 자체를 적당히 수행해서는 안 된다. 담당 업무를 대충 완료하고 이후는 후임자가 구체화하고 책임질 일이라고 생각한다면 큰 착각이다. 설계의 각 단계 중요도는 초기로 갈수록 커진다. 개발이나 설계는 초기에 방향을 제대로 잡아 큰 그림을 그리고 이를 바탕으로 계속 구체화하는 것이지, 기본 설계 단계에서 이전의 개념 설계 결과를 버리고 다시 설계하는 것이 아니기 때문에 초기에 진행되는 개념 설계의 중요성이 강조되는 것이다. 따라서 개념 설계 단계에서는 개발과 운용에 경험이 많고, 한눈에 공간적 시간적 전체 그림을 구상할 수 있으며, 추후 발생할 수 있는 개발 위험성을 예상할 수 있는 고경력자 중심으로 업무를 수행할 수밖에 없다.

외국의 방위산업체 개념 설계 부서나 개발 기획 부서에 가면 노령의 기술자들이 많이 보이는 것은 당연하며, 이들은 초기 개념Concept (컨셉) 정립의 중요성을 누구보다도 잘 알고 있다. 선진국에서는 개념 설계 완료 후 제품의 제작 착수 이전에 설계 평가를 통하여 개발 계획 자체를 포기하거나 개발 방향을 크게 바꾸기도 한다.

대학에서 경영학을 강의하고 경영대학원장을 역임한 친구가 직접 쓴 책을 한 권 받아 읽어 보니 제목이 놀랍게도 '개념 설계의 시대'였다. 내용을 읽어 보니 기업 경영이나 국가 경영에도 개념 설계가 매우 중요하다는 것이다. 내용 전반부를 읽던 중 약간 당황했다. 공학이나 산업 분야에서 제품을 개발할 때 누구나 강조하는 개념 설계를,

경영학 전공자가 국가나 기업 경영에서 그 중요성을 주장하다니….

다 읽고 나서 차분히 생각해보니 우리가 일상생활에서 사용하는 '개념이 없는 사람', '보험 설계', '인생 설계'라는 용어에서 보듯이 개념이나 설계라는 용어를 평소에 널리 사용하고 있었고, 설계자를 의미하는 디자이너를 직업의 하나로 알고 있을 정도로 개념 설계는 사회의 모든 분야에서 이미 사용하고 있지만 직업상 공학이나 제품 개발에서만 중요하다고 여겨왔다는 점이다. 그렇다. 기업의 미래 전략이나 경영 계획 수립에도, 국가의 발전 전략 수립에도, 아니면 우리의 일상 중 야외 결혼식 같은 행사 준비에도 당연 초기 컨셉(개념) 잡는 것이 제일 중요한 것이다. 시작이 반이라는 얘기도 있다. 국가나 사회에서 문제가 발생할 경우 초기 대응이 중요하며 형사 사건이 발생해도 경찰의 초동 수사가 제일 중요하지 않은가?

개념 설계는 초기에 전체의 그림, 틀$_{Frame}$을 구상하는 작업이다. 초기 단계라고 아무나 대충 수행하고 문제의 본질을 후임한테 넘기면 나중에 문제 발생 소지가 많고, 수정하는 데 비용이 많이 들 뿐만 아니라 책임 소재도 모호해진다. 물론 초기에 세부적인 면까지 결정할 수는 없지만 개념 정립 단계에서 큰 틀을 제대로 만들어야 한다. 우리나라도 이제 경제적, 외교적 위상이 많이 커졌으니 이제부터라도 나라의 원로들이 모여 국가와 사회 전반적으로 미래 지향적인 컨셉을 제대로 잡아 나가야 하지 않을까?

연구 개발~R&D~ I

우리나라에는 많은 연구소가 있다. 자녀나 사위, 며느리가 연구소에서 근무한다고 하면 공부를 많이 했다거나 정년이 보장된다거나 실내에서 일하며 험한 일은 안 한다는 대체로 괜찮은 인상을 받는 것 같다. 우리나라 정부 출연 연구 기관의 효시는 서울 홍릉에 있는 한국과학기술연구원KIST이며, 1966년 2월에 과학 기술 분야 종합연구소로 설립되었다. 원자력연구소가 1959년에 이미 설립된 바 있지만, 3개 기관이 합쳐서 정부 출연 연구 기관인 지금의 한국원자력연구원KAERI으로 재탄생한 것은 1973년 2월이다. 참고로 국방과학연구소ADD는 1970년 8월, 과학 기술 분야가 아닌 경제 정책을 종합적으로 연구하는 한국개발연구원KDI은 1971년 3월에 설립되었다. 대전의 유성구 과학 단지에 자리 잡고 있는, 과학기술정보통신부 산하의 많은 이공계 연구 기관들은 대체로 KIST 내에서 연구실, 또는 연구부 형태로 생겼다가 확대 개편되어 하나씩 독립 연구소로 발족해 나간 것이 대부분이다. 정부의 연구 개발 지원, 수출 산업화로 인한 기업 발전, 이공계 대학의 정원 팽창과 더불어 국내 이공계 연구소도 조직과 예산이 점차 확대되기 시작하자, 많은 연구소가 1990년대부터 조직 개편을 통하여 명칭을 연구소에서 연구원으로 변경하고 연구원 하부 조직으로 연구소를 운영하기 시작했다. 그러자 다른 연구소들도 순식간에 연구원으로 명칭을 변경하였다. 그러나 별도의 설립 법을 가지고 있고 보유 인력과 예산이 제일 많은 국방과학연구소는 연구소 명칭을 그대로 유지하고 있으며, 오히려 산하에 연구원 조직을 부설 기관으로 운영하고 있다.

정부의 예산 지원을 받는 정부 출연 연구원은 부분적으로 정부의 간섭을 받지 않을 수가 없다. 특히 거의 100% 정부 예산에 의존하고 있는 ADD는 인사, 조직, 연구 방향 등에 정부의 간섭과 감사원의 감사를 피할 수 없다. 정권이 바뀔 때마다 외부로부터 개혁이나 혁신을 강요당하기도 하고, 무기 개발 사업의 실패나 기술 유출 사고 등 특별한 사유가 발생할 경우 방위사업청의 감사나 감사원의 감사를 받기도 한다.

그런데 외부에서 출연 연구소나 연구원의 개혁을 목적으로 연구 개발 현황을 분석 또는 간섭하거나 감사를 할 경우, 대부분의 경우 연구 개발 비전문인 문과 출신 감사관들이 이를 수행하다 보니 연구소 입장에서는 말 못할 고민이 많다. 과학 기술 연구 분야 감사를 수차례 수행한 감사원 감사위원이 연구 개발의 특성을 잘 안다고 생각하는 것은, 감사 몇 번 받아본 연구 과제 책임자가 감사원 감사 업무를 잘 안다고 생각하는 것과 같다. 서양 사람들이 한국인, 중국인, 일본인을 잘 구별 못 하듯이 영어로 연구 개발을 묶어 R&D_{Research and Development}라고 표현하는데, 멀리서 보면 모든 연구 개발 업무가 비슷하게 보이지만 속으로 들어가 보면 연구와 개발도 서로 많이 다르다. 심지어 연구 개발 업무 종사자들도 연구와 개발의 차이를 평소에 제대로 인식하지 못하는 경우가 많다.

연구는 다양한 대안을 검토해야 하고 새로운 아이디어가 요구되며, 연구 대상이 큰 시스템일 경우라도 실물을 그대로 만들어 보는 경우는 거의 없기 때문에 개발에 비하여 예산이 많이 들지도 않고, 기간도 그렇게 길게 잡지 않는다. 또한 실패하더라도 피해가 적고 그동안의 연구 결과는 나름대로 가치가 있으며, 연구 결과는 보고서, 프로그램, 특허, 논문 등으로 나타난다. 따라서 새로운 분야를 개척하거나 세계를 선도하기 위해서는 도전적이고 과감한 연구 목표를 수립해야 한다. 그러다 보면 실패할 가능성이 높아지는데, 설령 실패하더라도 젊은 연구 인력 양성에는 도움을 줄 수 있고, 좋은 논문이나 특허가 나올 수도 있다. 개념 연구, 기초 연구, 응용 연구 등이 이 연구 범주에 속한다.

좋은 연구 결과를 얻었다고 해서 바로 제품을 만들 수 있는 기술을 확보했다는 것은 아니다. 과학 기술 분야 연구 기관에서 세계를 선도할 획기적인 연구 결과를 우수 실적으로 발표하는 경우가 종종 있는데, 언론 기사의 맨 마지막 줄에는 항상 이 기술이 기업에 이전된 후 상용화까지에는 수년이 더 소요될 것으로 보인다는 멘트가 작은 글씨로 추가된다. 즉 실용화 또는 상용화를 위해서는 추가로 연구 개발이 필요하며, 기업이 투자를 하더라도 상용화에는 실패할 수도 있다. 연구 결과에 대한 책임도 크지 않고, 실패가 어느 정도 용인되며, 컴퓨터, 실험실, 시뮬레이션 등의 이미지와 어울리면서 혹시 좋은 특허가 생산되면 미래의 재산이 될 수도 있기 때문에 석사, 박사 학위를 받아 전공이 뚜렷한 젊은 세대들은 이런 연구 과제 참여를 선호하는 것 같다.

개발은 연구와는 속성이 완전히 다르다. 연구를 통하여 정해진 하나의 대안에 대하여 기본 설계를 하거나 필요시 모형 시험을 실시하여 설계를 완성하고 실물을 제작한 후 현장 시험을 통하여 수요자가 요구하는 성능을 만족시켜야 한다. 실물 제작과 현장 시험을 해야 하기 때문에 전문 생산 기업의 참여가 필요하고, 현장 시험과 관련된 시설, 시험 전문가 등의 참여도 필수적으로 요구된다. 시험 개발, 탐색 개발, 체계 개발 등이 이 범주에 속한다. 시스템 개발 과정에서 다양한 분야의 업무가 진행되기 때문에 특정 전공 분야를 따질 수가 없다. 전공과 전공 사이, 서로 다른 전공 분야의 융합, 장비나 기술 분야 사이의 간섭 문제, 전체 균형 설계, 시스템 분석 및 종합 등의 기술적인 문제 해결과 개발 일정 관리, 투입 예산 관리, 생산 원가 관리, 운용 단계의 지원 계획 수립 및 운용 유지 부수 장비 개발 등 학문적 전공 분야와 별개의 진행 관리 및 현장 업무가 대부분이다. 따라서 전공이나 학위보다는 문제를 분석하고 종합하는 능력, 전체를 한눈에 보는 능력, 리더십과 관리 능력, 상급 부서, 생산기업 및 운용자와의 소통 능력이 매우 중요하다.

개발 대상이 무기일 경우, 요구 성능에 대하여 군과의 사전 조율이 중요하며 군의 운용 경험도 설계에 반영해야 한다. 무기를 설계하는 후배들이나 공학 설계 강의를 듣는 학생들에게 공통적으로 당부하는 말이 있다. 개발된 물건, 특히 무기는 항상 환한 대낮에, 냉난방이 잘되어 있는 실내에서 제작되거나 사용되지 않고 평소에 겪어 보지 못하는 아주 열악한 환경에서 사용된다는 현실을 염두에 두라고 한다. 설계나 개발에서는 생산자와 사용자 입장이나 운용 환경을 반드시 고려해야 한다는 뜻이다.

개발은 실패를 수용하지 않는다. 모두들 말로는 실패를 용인할 듯하지만, 개발 기간, 예산, 성능과 실용화(전력화) 시기가 정해진 무기 개발 사업의 경우, 결과가 국방력 대비 태세에 영향을 주기 때문에 갑자기 해외에서 사오는 것도 쉽지 않고, 기보유한 무기의 수명 연장도 또 다른 문제를 야기하기 때문에 예산을 추가 투입해서라도 짧은 시간 내에 반드시 성공시켜야 한다. 개발이 지연되는 기간에는 감독 기관이나 감사원의 감사, 가끔 경찰의 수사도 감수할 수밖에 없다.

1960년대나 1970년대에 대학을 다녔던 사람들은 학창 시절에 대체로 공부는 열심히 안 했지만, 무기 개발에 국가적인 사명감과 애정을 가지고 참여했다. 하지만 국민 소득이 높은 나라에서 태어나 어려움을 많이 겪지 않고 자라고 석사, 박사 학위를 취득한 후 좋은 직장에 성공적으로 취업하여 정년이 보장된 젊은 세대들 중에는, 이런 특성을 가진 연구가 아닌 개발 사업에 참여하여 실패의 위험성을 안고서라도 국가에 이바지하겠다고 생각하는 사람들이 점점 줄어들고 있는 것 같다.

연구 개발R&D II

과학기술정보통신부가 대부분 관리하는 과학 기술 분야의 다른 정부 출연 연구 기관은 연구를 하나, 개발을 하나? 출연 연구 기관의 사정이 모두 다르겠지만, 그동안 직접 간접으로 협력하면서 경험한 바로는 KIST(한국과학기술연구원)는 연구 비중이 압도적으로 높은 것 같고, KIMM(한국기계연구원), KAERI(한국원자력연구원) 등 대다수의 연구원 업무도 개발보다는 연구의 비중이 아주 높은 것으로 보인다. 이런 연구원들은 연구 결과를 기업에 이전하면서 기술료를 받을 뿐만 아니라 개인 특허로 등록하면 특허료는 20년 동안 별도로 받는다. 다만 연구비 중 정부가 주는 비율이 낮아 기업 등 외부에서 받아 자립해야 하기 때문에 외부 과제를 지속적으로 만들어야 하는 어려움은 있다.

ADD(국방과학연구소)는 언급한 대로 거의 100% 정부 예산으로 운영되며, 예산과 투입 인력으로 판단해 볼 때 매년 차이는 있겠지만, 80% 정도가 개발 사업이고 약 20% 정도가 연구 과제일 것으로 추정된다. 즉 ADD는 연구(R)가 아닌 개발(D)을 주로 하는 곳이다. 1999년에 개봉한 영화 '쉬리'에 ADD가 등장하는데, 하얀 가운을 입고 실험하는 장면이 나온다. 영화가 상영될 당시에 일반 국민들에게 ADD

는 한국화학연구원이나 전자통신연구원과 같이 연구를 주로 하는 모습으로 비치고 있다는 사실을 느꼈다.

과거 ADD에서 근무할 당시 신입 소원이나 부서장 교육을 할 때 ADD는 연구 개발 본질에서 살펴보면 연구소가 아니다. 그래서 영어 이름에 다른 연구소가 공통적으로 가진 연구를 뜻하는 'R'이 없고 개발을 뜻하는 'D'만 있다고 말하면 모두 의아해했다. 도전적인 미래 기술 연구를 담당하는 부서도 있지만, 연구보다는 개발이 중요하며, 존재의 가치도 개발이고, 외부 기관에서 누구도 우리를 못 따라오는 능력이 개발 능력이라고 설명했다. 운동이나 친구, 외부 기업이나 군 관계는 관심이 없고 오직 학문적 연구에만 관심이 많았던 후배 한 명은 개별 면담을 통하여 연구와 개발 사이에 있는 연구소의 현주소를 파악한 지 몇 개월 후 ADD를 퇴직하고 대학교수로 이직해 버렸다.

ADD에는 연구 개발 예산이 많다. 밖에서 보면 엄청나게 많아 보인다. 연구 중심의 외부 연구원에서는 부러워하면서 ADD 혼자서 많은 예산 다 쓰지 말고 외부 기관을 활용해 달라고 한다. 개발 중심의 연구소라서 성능 시험을 위한 시제품 제작비, 그러니까 전차(탱크), 자주포, 유도탄을 개발한다면 전체 시스템을 몇 세트 제작할 비용까지 포함되어 있다는 사실을 모르고 하는 말이다. 실제로 융통성 있게 연구다운 연구나 실험에 집행 가능한 예산은 연구 중심의 다른 연구 기관들보다 오히려 적은 편이다.

ADD는 군사 비밀에 대한 보안 의식이 오래 몸에 배어 있고, 혼자서 힘들게 많은 개발을 성공시켜 온 결과, 내부 사정을 외부에 알리고 어려움을 설득해야 할 것까지 소홀히 하였다. 개발 사업을 기업에 넘기면 성공적인 개발이 어려울 것을 미리 알기 때문에 비난을 들어가면서도 개발 사업들을 이전하지 않고 아직도 꼭 쥐고 있다.

새로운 업무나 경험이 없는 분야, 전공과 조금 다른 업무에는 누구든지 뛰어들기를 주저한다. 그렇지만 무기 관련 기술과 분야는 계속 새로 나타나고 발전하기 때문에 전공 분야가 아니더라도 누군가 나서서 책임지고 신규 개발에 뛰어들어야 한다. 이런 새로운 개발 사업은 ADD가 할 수밖에 없다.

정부 예산을 100% 받는 기관은 어려운 개척의 길을 가고, 개발된 무기의 성능 개량 등이나 일반 무기의 개발 사업은 지속적으로 기업에 넘겨야 한다. 미국의 세계적인 방산 기업 록히드 마틴이 하루아침에 생기지 않듯이 우리 방산 기업도 짧은 기간에 기술을 자립하기 어려울 것이라는 걱정은 접어두고, 감독기관과 협의하여 중장기적인 이관 계획을 수립하여 기업에 계속 넘겨줘야 한다. 이관의 속도 조절은 아주 중요하므로 전체적 상황을 고려하여 신중하게 진행해야 하겠지만, 당장 이관 가능한 분야도 있을 것이다. 그렇게 하면 외부로부터 받는 비난이 많이 줄어들 것이다.

개발 대상 사업을 이관받은 기업이 ADD가 기본 설계한 시제품의 제작 업체 역할을 하다가 막상 혼자 개발을 주도해보면, 별것 아닌 것처럼 보이던 체계 종합, 군과의 조율, 시험 평가 등에 숨어있는 어려움의 본질을 깨우치게 될 것이다. 그 어려움을 해결하기 위해서는 ADD 내에서 퇴직이 임박한 내공 있는 고경력 인력들을 모시고 가야 할지도 모른다. 업체 주도 사업을 지속적으로 늘려야 한다면서 왜 경험과 기술의 국내 전파를 막고 내공이 쌓인 퇴직자들의 재취업은 금지하는지 이해가 안 된다. 이러한 문제는 정부가 종합적인 관점에서 해결해야 할 것이다.

들리는 소문으로는 최근에 이마저도 공직자 재산 등록 제도와 기술 유출 문제가 발생하여 경험 인력의 재취업이 더 어려워진다고 한다. 일반 무기 개발 사업을 기업에 이관하라고 ADD에 요구하면서 기술과 경험의 이관은 막고 있으니, 정부의 비전문가들은 도면과 장비와 보고서만 주면 기업이 다 할 수 있을 것으로 큰 착각을 하는 것 같다. 책임자로서 개발을 직접 주관해보지 않고 상급 기관 소속으로 관리만 하다 보면 개발의 본질에 대한 깊이를 이해하기는 어려울 것이다.

우리보다 기술력이 뛰어난 선진국 방산 대기업을 방문해 보면 최근 눈부시게 변화하는 컴퓨터, 통신, 사물 인터넷, 인공 지능 등이 탑재되는 큰 시스템 개발 분야에 젊은 세대보다 신기술에 대한 지식이 많이 부족할 것처럼 보이는 60~70대 나이의 기술자들이 개발에 많이 참여하고 있다는 것을 알게 된다. 연구가 아닌 개발 사업이기 때문이다. 그들은 큰 시스템을 개발하다 보면 개별 성능이나 신기술도 물론 중요하지만, 전체적인 균형 설계, 특히 개발 초기 단계에서는 많은 경험이 뒷받침되지 않으면 안 된다는 것을 오래전부터 알고 있었다. 이런 업무는 박사 100명이 참여해도 경험이 부족하면 쉬운 일이 아니다. 그래서 연구보다 개발을 주로 하는 외국의 기업 연구소나 설계 부서에는 박사 학위 소지자가 별로 없다.

미국이나 일본의 국방 연구 기관에서 사용하는 예산보다 우리나라 ADD의 예산이 상대적으로는 많아 보이는데, 왜 무기 수준은 못 따라가느냐는 질문을 많이 한다. 미국과 일본의 정부 연구 기관은 연구비로 연구 단계까지만 수행하고, 예산이 많이 투입되는 개발은 기업이 담당하는데, 우리는 ADD가 개발 단계까지 맡아 무기 제작비를 포함한 예산을 쓰고 있다. 이런 차이를 모르는 높은 분들을 깨우쳐 줄 노력도 누군가는 계속 해야만 한다.

국방과학연구소는 연구 개발 예산으로 국방비를 사용하고 군사 비밀을 취급하기 때문에 현직에서 근무할 때나 퇴직 이후에 겪는 어려움이 많다. 모든 예산의 집행 과정이 다른 연구소들에 비하여 아주 경직되어 있어서 수용비나 출장비 등 소모성 경비의 세부적인 부분까지도 철저하게 따져 집행하고, 결과에 대한 감사도 내부, 외부에서 받는다. 알고 보면 현재 국방 분야는 다른 분야보다 상대적으로 규정과 원칙을 아주 잘 지키는 편인데도, 미세한 실수만 발견되면 방산 비리 차원에서 보고 있으니 연구원들의 연구 개발 의욕을 떨어뜨리지 않을까 걱정된다. 정부 출연 연구소 전체를 대상으로 동일한 잣대로 예산 집행 감사를 대대적으로 동시에 실시하면 국방과학연구소가 최우수 집행 기관으로 선정되지 않을까?

국방과학연구소의 업무 내용과 연구 결과가 대부분 군사 비밀이기 때문에 연구원들은 퇴직 후 다른 사람들과 경쟁하는 데도 불리하다. 정부 연구 재단의 고경력자 활용 프로그램을 통하여 대학에서 3년간

강의하는 초빙 교수에 지원할 때, 이력서에는 지나온 경력의 반 정도, 언론에 이미 공개된 내용만 언급할 수 있었다. 좋은 연구 결과가 나와도 군사 비밀 내용을 외부에 논문으로 발표할 수 없을 뿐만 아니라 무기 개발 과정에서 논문을 작성할 여유도 없기 때문에 논문 실적도 거의 없었다. 또한 보고서 작성 실적은 ○○건으로 연구소에 등록해 보관은 되어 있으나, 대부분이 연구소 외부에 비공개 대상이라고 표현할 수밖에 없었다.

실험과 시험

연구 개발 시 설계, 제작을 통하여 완성된 제품은 시험을 통하여 초기 요구 성능을 만족시키는지 여부를 확인해야 하는데, 이 단계를 시험 평가Test & Evaluation라고 한다.

무기 체계의 경우 시험 평가는 통상 개발자가 주관하여 실시하는 '개발 시험 평가'와 운용자, 즉 군에서 주관하여 실시하는 '운용 시험 평가'로 구분하며, 개발 시험과 운용 시험을 통합하여 실시하기도 하는데 군의 운용 시험 평가가 무엇보다도 중요하다. 개발 시험에 무기 체계 설계자가 참여하지만 주관하는 시험 평가 전문가가 별도로 있고, 운용 시험에도 개발자가 군을 지원하지만 무기를 다루는 군이 시험을 직접 주관하기 때문에 개발자가 시험 평가 결과를 좌우할 수 없다. 그럼에도 불구하고 밖에서 보는 비전문가들은 개발한 기관이 평가까지 하는 것처럼 인식하여 성능이 미달되어도 합격으로 처리해 나중에 많은 문제점이 발생한다고 주장하기도 한다. 그럴싸한 얘기로 한때는 국회 국방위원회까지 보고되어 개선책이 논의된 바 있으며, 하마터면 관련 규정이 이상하게 개정될 뻔했다.

무기의 개발은 ADD가 하더라도 평가는 다양한 시험 경험을 보유한 제삼의 전문기관, 즉 과학 기술계 정부 출연 연구 기관이 담당하면 결과에 대한 객관성이 확보된다는 논리다. 만약 이 논리에 공감이 간다면 당신은 무기 체계 개발의 기본 지식이 부족한 사람임이 틀림없다. 민간 전문 연구 기관은 실험 실적이 많고, 다양한 기계적인 부품에 대한 시험 경험도 많을 것이다. 여기에 두 가지 논란의 소지가 있다. 하나는 시험Test과 실험Experiment의 차이를 인식하지 못하고 있다는 것이고, 다른 하나는 실험실에서 실시하는 부품의 기능 시험과 운용 환경에서 군 운용자가 실시하는 무기 체계의 운용 시험의 차이를 인식하지 못하고 있다는 점이다.

실험과 시험은 아주 다르다. 대학 시절 학교 실험실에서 진행되던 실험과 중간고사, 기말고사 등의 시험이 크게 다르다는 사실은 누구나 알 것이다. 과학적 실험은 통상 연구 단계에서 실시하는 것으로 이론이나 현상을 과학 수준으로 관찰하고 측정하는 것이고, 시험은 사물의 능력을 검정하는 것이다. 과학 기술 분야 정부 출연 연구 기관에서는 연구 과정에서 많은 실험을 하고, 실험실 내에서 단위 부품에 대해서 많은 시험을 실시하기 때문에 관련 분야 경험이 많이 축적되어 있다. 그런데 무기를 연구 개발할 경우, 그런 실험과 시험은 연구 개발 중간 과정에서 다양하게 실시되고, 기본적인 개별 성능이 확인되어야 설계가 확정되고, 이후 시스템이 제작, 조립된 후에야 시험 평가 단계로 진입하게 된다. 그러니까 일반 연구소가 보유한 실험, 시험 능력은 무기 체계 연구 개발 중간 과정에서 활용되는 능력이다.

그렇다면 무기 시스템이 완성된 후 실시하는 개발 시험과 운용 시험은 무엇이 특별한가?

초기에 실시하는 중요한 시험이 환경 시험이다. 무기의 사용 환경에 따라 온도(저온, 고온), 염분, 강우, 강설, 충격, 모래바람, 지형 등 아주 다양한 환경에서 무기가 제대로 작동하는지 평가되어야 한다. 또한 운용자에 의한 작동, 운용 시험 평가가 성공적으로 수행되기 위해서는 시험 대상인 무기 체계는 당연히 제대로 만들어져야 되겠지만, 시험 평가에 소요되는 다양한 시험 평가 자원과 시험 평가 기술이 아주 중요하다는 사실을 일반인들이 알기는 어려울 것이다.

시험 평가 자원에는 첫 번째로 많은 종류의 측정, 추적 장비와 전용 건물, 계측 차량, 시험 전문 선박, 추적 항공기 등 다양한 장비와 시설이 필요하다. 전투기 지상 시험 하나만 예를 들어보면, 내부에 온습도 조절 설비와 전자파 간섭 시험 설비를 갖추고 있으며, 전투기 한 대가 통째로 들어갈 만한 크기의 대규모 시설이 기본적으로 필요하다.

두 번째는 경험이 많은 시험 평가 전문 인력이 필요하다. 각 분야 계측 및 분석 전문가 이외에도 전투기 시험 평가의 경우 비행 성능이 실제 검증이 안 된 상태의 전투기를 조종하는 테스트 파일럿이 포함된다.

시험장Test Range도 또 다른 중요한 필수 자원이다. 전투 차량을 시험하려면 모래 지역, 하천 지역, 오르막, 내리막, 옆 경사, 굴곡 등 다양한 환경을 만들어야 하고, 긴 직진 주로와 곡선 주로가 있어야 하는데, 우리나라는 민원 관계로 주변 가까운 지역에 민가가 없어야 하므로 간단한 문제가 아니다. 해상이나 수중에서는 항해하고 잠수하고 발사하고 추적하고, 회수하고 계측해야 하므로 우선 해상 상태가 좋은 곳을 찾아야 하고, 어선이나 화물선의 통행이 없어야 하기 때문에 우리 동·남해에서 적절한 수심을 가진 조용한 해역이나 시간을 찾기가 쉽지 않다.

전투기나 미사일 발사 시험에는 하늘이나 우주를 포함하는 공역이 필요하다. 우리나라는 전투기가 초음속으로 날면 금방 방공식별구역 KADIZ 외곽에 도달할 것인데, 사정거리가 800km 이상인 미사일은 어디로 발사하여 시험해야 하나? 어느 쪽으로 발사해도 우리의 방공식별구역을 넘어가 버릴 것이다. 수년 전 미국 서부 지역 모하비 사막의 미국 공군 시험장을 방문했을 때 시험장 하나가 남한 면적 정도의 엄청난 넓이라서 많이 부러웠던 적이 있다. 그런데도 시험 평가 시 겪는 어려움 중의 하나가 시험장 외곽 지역에서 제기되는 민원이라고 했다. 제대로 된 시험장을 보유하려면 국토의 크기가 미국, 러시아, 중국 정도는 되어야 가능하다.

북한의 경우도 시험 평가 환경의 어려움은 우리와 유사하다. 지상 병기나 핵폭발은 좁은 국토 내에서 수행하고 있고, 장사정포나 다연장 로켓은 국토를 횡단하여 발사하는데, 장거리 미사일을 발사하면 단거리 추적은 가능하나 타국 상공으로 날아가 버리므로 북한의 능력으로 발사체 추적조차 쉽지 않다. 북한이 우주 탐사 목적이라고 발사한 탄도탄의 1단 추진제가 우리 해역에 떨어진 적이 있고, 2010년에는 다연장 로켓으로 연평도를 포격한 적이 있었다. 그때마다 우리는 국민과 언론의 알 권리를 존중하는 측면에서 낙하지점, 낙하 상태, 불발탄 비율, 피해 상황 등 북한이 알고는 싶으나 추적, 측정 능력 부족으로 알지 못하는 실사격 시험 평가 결과를 보고하듯이 소상하게 공개 발표하곤 했다.

2020년 9월 정부에서 월북 시도로 발표한 어업지도선 근무 해양수산부 공무원과 관련하여 북한의 경비정과 상부 간 통신 내용의 실시간 감청과 관련된 사실도 감추지 못하고 여러 가지 뉘앙스로 공개하였다. 세계 제2차 대전 막바지 노르망디 상륙 작전 이후 밀리기 시작하던 독일이 개발한 V2 로켓은 지금의 탄도탄과 유사한데, 1944년 영국 런던을 향하여 약 1,300발이 발사되었다. 영국은 상당한 피해를 보았지만, 피해 지역과 피해 정도를 고의적으로 사실과 다르게 발표하여 정확한 낙하지점과 피해 상황을 잘 모르는 독일에 혼란을 주었고, 추가 피해의 양을 줄일 수 있었다. 북한 도발 시 우리 언론의 상세한 발표를 들을 때마다 생각나는 교훈이다.

시험 평가에서 가끔 사계절 시험이 발목을 잡기도 한다. 우리가 개발한 수리온 헬기는 동절기 시험을 위하여 기체를 추운 기후의 알래스카로 이송하여 수 개월간 큰 비용을 들여 시험했다. 우리나라는 사계절이 뚜렷하여 운용 환경이 계속 달라지는데, 봄가을은 한 번에 하더라도 1년에 걸쳐 여름과 겨울을 포함해 세 번은 시험해야 하며, 한 계절의 결과가 미흡하다면 성능 보완을 하여 다시 시험을 하더라도 1년 후의 같은 계절을 기다려야 한다.

시험 평가에서 강조하는 사항 중 또 하나는 어떠한 무기 체계이든 개발 초기에 어떻게 시험할 것인가를 미리 결정하고 필요한 자원을 준비해야 한다는 사실이다. 무기 개발의 선진국들이 공통적으로 강조하기를 시험 평가 능력이 무기 체계 개발 능력이라고 한다. 다시 말하면 개발 능력이 없으면 시험 평가할 능력도 없다는 뜻이다.

단지 공정성 때문에, 무기 체계의 개발 능력이 없고 무기 체계 시험 평가의 본질을 상세히 모르는 과학 기술 연구(R) 분야 전문 기관인 정부 출연 연구소에 무기 체계 개발 시험과 운용 시험 주관을 맡겨야 한다고 주장하는 사람들이 언젠가 또 나타날지도 모른다.

미국의 겉모습

지금부터 10여 년 전, 2000년대 후반에 있었던 일이다. 워싱턴 DC 에서 미국 해군과 수상함, 잠수함 분야 기술 정보 교환 회의를 마치고 후배인 K 실장과 같이 미국 국내선으로 시카고 국제공항으로 이동한 후, 출국 수속을 마치고 한국 귀국 편 국적 항공기를 타려고 줄을 서서 기내로 들어가기 직전에 일은 벌어졌다. 우리 일행이 포함된 3명만 연속으로 항공기 탑승구 바로 앞에서 임시로 마련된 별도 공간으로 안내되었다. 다른 승객들은 모두 탑승했는데 항공기는 램프가 붙어 있는 상태로 출발할 수 없는 상황이 되었다. 상대가 FBI(미국 연방수사국)라는 사실을 직감했지만, 공식 여권을 가지고 국가 간에 사전 협의된 공식 회의를 마치고 출국하는데 막는 이유가 뭐냐고 일단 항의를 했다.

FBI는 어떤 문제가 있어서 랜덤(임의) 체크를 한다고 답변했다. 랜덤인데 왜 하필 우리 일행 두 사람을 체크하느냐고 항의하자 3명을 랜덤 체크하는 중이라는 답변이 돌아왔다. 당신은 랜덤random의 의미를 아느냐고 또 항의했지만, K 실장이 별도로 가지고 있던 노트북을 수색당했고, 그 사이에 일없이 제지당한 제삼의 인물에게는 건성으로 몇 가지 물어본 후 기내로 들여보냈다. 공식 여권을 가진 외국인의 개인 소지품(노트북)을 무슨 근거로 수색하느냐고 항의했지만 미국 법 운운하는 덩치 큰 두 명의 FBI 직원에게 떠밀리다시피 기내로 들어오게 되었다. 10분 후쯤 K 실장이 노트북을 들고 흥분이 가라앉지 않은 상태로 들어와 합류하여 항공기는 조금 지연되었지만, 무사히 한국을 향하여 이륙하였다.

수년간의 미국 생활 경험이 있더라도 당황할 텐데, 미국 출장이 초행길인 후배는 짧은 시간이지만 얼마나 힘들었을까? 후배 얘기로 노트북에 미국 군사 비밀이나 보호 대상인 기술 자료가 담겨 있는지를 알아보기 위해 파일 하나하나를 조사했다고 한다. 특이 사항이 없어 이번 일은 해프닝으로 끝났지만 기분이 상한 후배는 미국에 다시는 오지 않겠다고 했다.

기내에서 한숨 돌린 후배한테 이번 일이 여기서 끝난 것이 아닐지도 모른다고 얘기했더니, 일단 이륙했으니 한국 도착할 일만 남았는데 뭐가 더 있겠느냐고 했다. 노트북을 수색할 정도면 짐칸에 들어간 가방을 항공기에 싣기 전에 수색 안 했을 리 없었다. 외국 출장이나 여행 시 귀국 때는 행동의 편의를 위하여 소지품을 짐 가방 구석구석에 빼곡히 다 포장해 넣고 가벼운 차림으로 탑승하는 것이 습관인데, 내 짐 가방을 일단 열었으면 미국인들의 거친 손길로는 짧은 시간에 재포장이 불가할 것이라는 생각이 맴돌았기 때문이다. 아니나 다를까 인천 도착 후 짐을 찾아 살펴보니 짐이 서로 섞여 있고, K 실장의 큰 가방에 짐이 더 들어 있었다. 나중에 안 사실이지만, 우리가 만나 공식 협의했던 미국 해군 측 대표 연구원 한 명이 군사 정보를 외국

(한국)으로 불법 제공했을 가능성에 대해 FBI의 감시와 추적을 받고 있었다고 한다. 이쯤 되면 공식 회의 상황도 작은 CCTV를 설치하여 몰래(불법으로?) 녹음, 녹화했을 것이다.

미국의 양면성, 언제나 내게 다가오는 명제다. 미국 생활을 시작하던 1983년 무렵 뉴욕 맨해튼 할렘가나 지하철의 상황을 보면 의식 수준이 낮고 지저분하여 오래지 않아 망할 것 같은 후진국 느낌이 들다가도, 다수 중산층들의 삶, 지도층 인사들의 리더십과 산업 기술력을 보면 왜 초강대국인가가 가슴에 와 닿기도 했다.

전 세계 많은 나라가 대응 방법의 사례와 결과를 미리 보여주었는데도 불구하고 미국의 코로나19 대응 태세를 보면 너무도 엉성하여 초강대국 미국이 맞나 하는 생각도 들기도 한다. 한쪽 면만 보면 전체를 보지 못한다. 아무리 엉성해 보여도 미국은 군사력과 경제력 면에서 여전히 초강대국임을 잊어서는 안 된다. 국민 총생산은 세계에서 압도적 1위로 유럽 연합 전체와 비슷하며, 원유 생산량은 셰일 가스 개발로 세계 3위 수준이지만 유가가 상승하여 셰일 오일과 셰일 가스 생산량을 늘리면 1위도 가능하다. 배럴당 백 달러 이상하던 원유는 미국의 셰일 가스 개발로 가격이 폭락하여 원유 수출에 크게 의존하던 러시아는 경제적 타격이 극심하고, 반미 기치를 높이 들었던 베네수엘라는 많은 원유 매장량에도 불구하고 완전히 망했다. 사우디아라비아를 중심으로 원유를 계속 증산하여 유가를 20~30달러 수준으로 떨어뜨려 배럴당 약 40달러 정도가 손익 분기점이라고 하는 미국 셰일 가스 업체들이 채산성 때문에 많이 도산했지만, 과거

OPEC(석유수출국기구)이 좌우하던 세계 석유 시장에서도 미국의 입김이 아주 강해졌다. 또한 미국의 달러는 여전히 세계 기축 통화로 인정받고 있다.

군사력은 더 압도적이다. 미국은 전 세계 해군력의 60~65%, 전 세계 공군력의 50~55%를 보유하고 있다고 알려져 있다. 그러니까 북태평양에서 러시아, 중국, 영국, 프랑스, 일본, 한국 등 모든 국가의 해공군력을 총동원해서 덤벼도 미국을 이길 수 없다는 의미다. 그러니 어느 나라가 단독으로 미국과 목숨 걸고 대적할 수 있겠는가?

미국은 반미 기치를 높이 들었던 후세인이 대량 살상 무기를 보유하여 지역 평화를 깨뜨린다고 이라크를 침공하여 항복을 받았고, 후세인을 처형한 이후 끝까지 대량 살상 무기를 개발한 실적을 찾아내지 못했음에도 정면으로 항의하는 국가가 없었다는 사실은 뜻하는 바가 크다.

지금도 미국은 세계 도처에서 일어나고 있는 크고 작은 분쟁에 개입하고 있다. 전쟁 비용과 인명 손실은 걱정하지만, 누구에게도 진다는 생각은 추호도 없으며, 오늘 밤 당장 어디에서 전투가 벌어지더라도 이길 수 있도록 준비 태세를 철저히 하고 있다.

미국이 국방 연구 개발에 투입하는 예산은 국방부 외에도 NASA(미국 항공우주국), 에너지부, 과학기술부, 상무부 등에 나누어져 있으며, 첨단 기술에 대한 철저한 보안 유지로 상세한 내막은 알기 어렵다. 국방부 내 육해공군 연구소가 별도로 있는데, 시설, 예산, 전문 인력 등의 연구 개발 인프라가 우리나라의 약 100배 수준이다. 그러니까 연구나 개발을 안 해본 것이 없다. 공개된 초기 연구 단계에서는 같은 과제를 한 곳이 아니라 여러 곳에 같은 제목으로 용역 의뢰하며, 연구 결과 제출 때 과제 수행 기관끼리 사전 조율 같은 것은 상상도 못 한다.

미국의 국방비 총 액수는 약 900조 원 수준이라 미국을 국방비 천조국이라고 부른다. 2019년에 우주군을 창설하였고, 무인 전투기를 개발하여 항공모함 이착륙 훈련은 이미 완료하고 유인 전투기와의 합동 훈련 단계에 와있다. 한동안 발사 장면이 매스컴을 장식하던 우주 왕복선은 어디로 갔을까? 왜 민간 기업에서 우주선을 발사하는지 궁금하겠지만, 지금도 소리소문없이 무인 우주 왕복선이 군사적 목적으로 수시로 발사되고 귀환하고 있다는 사실은 잘 알려져 있지 않다. 최근 미국이 개발에 집중하는 분야는 스타워즈에 등장하는 레이저 무기, 벌 떼와 같은 군집 드론, 인터넷을 활용한 사이버 공격, 방어 기술이라고 한다.

이태리에서 마피아 조직이 정부 관리를 납치한 적이 있었다. 관리의 생사도 모르고 행방조차 찾지 못하던 이태리 정부는 미국 정부에 협조를 요청하였고, 미국의 정보기관은 납치 전후 한 달간 이태리 전역의 통신 기록 빅 데이터$_{Big Data}$를 분석하고, 납치 무렵 통신량이 줄어든 특정 지역을 이태리 정부 기관에 제시하여 인질을 구출할 수 있었다. 마피아가 억류 장소를 들키지 않으려고 통신을 줄인 것이 오히려 단서가 되었다. 이로써 이태리는 미국 정보 기관의 빅 데이터 수

집, 분석 능력에 대한 인식을 다시 하게 되었다.

제1차 세계 대전 무렵까지도 미국이 초강대국은 아니었다. 1차 대전 후반에 유럽 지상 전투에 뛰어들었던 미 육군은 여러 전투에서 많은 어려움을 겪었고, 미 해군 함정도 많이 격침당했다. 당시에는 독일이나 영국의 공업 기술력이 더 우위에 있었다. 그러나 영국을 비롯한 연합국에 수많은 전쟁 물자를 수출하고 지원함으로써 산업 분야에서 강대국 지위에 올라설 수 있었다.

미국이 세계 최강대국 지위에 오른 시기는 1차 대전 이후부터 2차 대전 무렵이다. 인구, 부존자원, 산업 생산력 등에서 세계 최고 수준에 다가가던 시기에 제2차 대전이 발발, 국가 존망의 위기에 처한 영국은 앞선 과학 기술을 미국에 제공하고 많은 원조를 받아 살아남았고, 항복한 독일의 미사일 관련 기술을 비롯한 많은 군사 과학 기술과 전문가들도 미국으로 옮겨 가서 최강의 군사대국으로 성장하는 바탕이 되었다.

전쟁은 어떤 나라에는 고통인 반면에 어떤 나라에는 기회인 셈이다. 전후 일본의 부활에 6·25 전쟁이 큰 영향을 끼쳤고, 우리나라도 경제 발전 단계에서 월남전 특수로 표현되는 베트남 전쟁의 도움을 받은 적이 있다.

언제까지 미국은 초강대국 지위를 유지할 수 있을까? 아무도 섣불리 예측할 수는 없다. 미국은 파리기후협정에서 탈퇴하고, 코로나19 사태 수습에 어려움을 겪으면서 WHO(세계보건기구) 지원을 중단하겠다고 한다. "America First!"를 외치면서 세계적인 리더십을 일부 포기하는 인상을 주기도 한다. 그렇지만 우리는 여전히 냉정할 필요가 있다. 이 시점에서 미국의 힘을 평가 절하하여 세계에서 유일한 초강대국이 아니라고 생각한다면 과연 현실 감각이 있는 사람인가?

미국의 내면

2000년 여름, 미국 국방부 국방획득대학DAU의 사업 관리 최고위 과정에서 약 100일간 교육을 받았다. 매년 3차로 나누어 약 1,000명이 이수하는 과정으로, 이 과정을 졸업해야 국방 획득 사업 관리 책임자를 할 자격이 주어진다. 같은 차수에 12개 반이 편성되어 있고, 한 반은 6명씩 5개 조로 총 30명이었다. 성적은 개인의 필기시험 결과와 조별 경쟁에 의한 단체 점수를 합산하여 평가하였다. 사업관리와 리더십 과목 수업 중 하루 중 2시간만 평소와 다른 조가 편성되어 수업이 진행되었고, 조별로 별도의 과제가 주어졌다. 조별 협의와 결과 정리에 50분이 주어졌고 다음 시간에 조별로 발표, 토의하기로 되어 있었다.

우리 조가 받은 과제는, '(휴대폰이 없던 당시) 자동차 통행이 거의 없는 한적하고 울창한 숲길을 운전하고 가던 중, 부상당해 쓰러진 야생 동물(종류 밝힐 수 없음)을 만나면 어떻게 처리하겠느냐?'였다. 조장이 과제를 받아와 펼친 순간 우리 조는 모두 얼굴이 밝아졌다. 마음속으로 한 시간 동안 토의할 과제로는 별로 어려운 과제가 아니라고 생각했다. 그 순간 조원 한 명이 자동차 트렁크에 싣고 가서 잡아먹는 것이 어떠냐고 제안하자, 조원 6명 모두 짧은 시간에 동의하였고, 세부 절차를 잠시 토의한 후 조장이 결과를 몇 줄로 정리하여 다음 시간 발표 준비를 끝내고 우리 조는 일찍 휴식에 들어갔다. 다른 조들은 운 나쁘게 복잡한 과제를 받았는지 첫 시간이 끝날 때까지도 정리를 못 하고 논란을 벌이고 있었다.

두 번째 시간에 조별로 결과 발표를 하였는데, 놀랍게도 주어진 과제는 모두 동일하였다. 어떤 조는 공중전화를 찾고, 동물 애호가 협회를 찾고, 동물 응급센터를 찾아 헤매는 등 처리 절차가 복잡하였다. 조별로 내린 결과는 차이가 아주 컸다. 작은 충격으로 다가왔다. 개인의 성격 차이에 따라 같은 사물이나 상황이라도 보는 시각이 판이하게 다르다는 사실을 강의를 통하여 주입식으로 이해시키는 것이 아니라 실험 수업으로 스스로 느끼고 몸에 배게 하였다.

'그랬구나! 입교 전 장문의 영문 설문지를 한국으로 송부하여 학생의 성격 유형MBTI을 조사하더니, 그동안은 같은 조에 일부러 성격이 다른 사람들끼리 섞어 편성했다가 오늘은 같은 성격만 모아 한 조를 편성했구나! 그동안 토의 주제가 나올 때마다 우리 조는 결론에 쉽게 도달하지 못했는데, 이번에는 사물을 단순화시켜 현실을 판단하는 외향적인 성격의 사람ESTJ Type만 모아놓으니 5분도 안 되어 같은 결론에 쉽게 도달했구나. 감성적이고 신중하며 내성적인 사람으로만 구성된 팀은 같은 주제에 대한 결론을 내는데 50분 이상 소요되는구나. 그렇다. 만장일치나 다수결로 결정된 사안이라도 항상 최선의 결정이라고 말할 수는 없는 것이다.'

사업 관리와 리더십 과목 담당 교수는 아프리카계 미국인으로 예비역 공군 대령이다. 이 교수는 공군 대위 시절, 통킹만 사건으로 미국이 베트남전에 공식 참전하기 직전, 태국에서 정찰기를 타고 북베트남 정찰을 갔다가 비행 중 피격되었다. 다행히 낙하산으로 비상 탈출하여 6명의 승무원 중 유일하게 생존자로 포로로 잡혀 파리 평화협정 후 송환될 때까지 약 10년간의 최장 기간 억류 생활을 했다. 북베트남은 포로의 구체적인 명단을 발표하지 않고 억류했기 때문에 주변에서는 전사했을 것이라고 추정하고 있었지만, 공식적으로는 실종 처리가 된 상태였다. 그 교수의 설명에 의하면 포로 생활은 1982년에 개봉한 영화 '람보' 시리즈에 묘사된 포로수용소 생활과 아주 유사하다고 한다. 그는 밀림 속 좁은 장소에 갇혀 외부와 단절된 채 10년을 버티는 동안 바깥세상의 변화는 전혀 알 수가 없었고, 기억마저 희미해져 가면서 심문당할 때마다 훈련받은 대로 군번, 계급, 이름만 앵무새처럼 반복했다고 한다. 10년을 그렇게 살아서 버틸 수 있었던 가장 큰 힘은 태국에 파견되기 전 필리핀 밀림 속에서 한 달간 받았던 생존 훈련이었다고 했다.

종전 후 포로 교환으로 석방되어 귀국해 보니, 10대 초반 나이가 된 딸이 우리 아빠는 전쟁터에서 죽었는데 왜 아빠라고 우기느냐고 하면서 집에서 나가라고 하고, 사람이 우주선을 타고 달에 갔다 왔다는 믿지 못할 얘기도 들어서 공황 상태에 빠졌다고 했다. 그나마 공군에서 집과 생활비를 계속 제공하여 실종자 가족이 부대 안에서 무사히 살고 있었던 것이 다행이었다.

이후 미국 정부와 공군은 딸에게 역사와 전쟁에 대해 교육했고, 가족과 만나 정착에 먼저 성공한 다른 귀환 포로 가족과의 교류를 추진해 주었다. 또한 귀환한 당사자에게 10년간의 변화 교육과 공군 보직 교육 등 체계적이고 철저하게 교육해주어 본인과 가족을 정상 수준으로 올려놓았다. 이후 영관급으로 진급하고, 무기 체계 획득 관리 분야로 진출하여 사업 관리 및 리더십 교수가 되었다고 했다.

어느 나라가 장기 실종, 생환 포로를 저렇게 훌륭하게 키워 낼 수 있을까? 교수의 마지막 멘트는 아직도 생생하게 기억한다.

"여러분들이 저와 같은 상황에 처하게 되면 반 정도는 살아 돌아올 것입니다. 그러나 지금 미국의 10대와 20대는 대부분 살아 돌아오지 못할 것입니다."

이 무렵 미국 해군은 버지니아급 원자력 추진 공격용 잠수함 개발에 착수했다. 그런데 잠수함 설계팀에 원자로 폐기 전문가가 참여하고 있었다. 잠수함은 설계와 건조에 10년 이상 걸리고, 취역 후 통상 25~30년 사용하고 이후 적절한 시기에 잠수함을 폐기(폐함)하므로 원자로 폐기는 약 40년 후, 설계자 아들의 후배들이 고민할 업무인데, 폐로 전문가가 기본 설계 초기에 참여한다는 사실이 생소하였다. 이유를 물어보니 잠수함 폐기 시 원자로는 방사능 때문에 원격으로 분리, 폐로 처리를 해야 하는데, 어떻게 하면 40년 후 발생할 폐로 비용을 절감할 수 있을까를 초기 설계에 반영하기 위함이란다.

국내 상업용 원자력 발전 1호기인 고리 발전소는 1971년에 착공하여 1978년에 상업 가동을 시작하였고 2017년에 가동이 중단되었는데, 우리나라는 오랫동안 해체 논의와 고민만 계속해 오다가 2020년에 와서야 원전해체연구소를 2021년에 설립하기로 결정하였다. 2021년부터 원전의 해체나 폐로에 관한 연구를 시작하겠다는 뜻이다.

탐 클랜시의 소설 '붉은 시월호The Hunt for Red October'에 등장하는 러시아 잠수함의 소리 없는 추진기는 전자기유체MHD 추진 기관이다. 옛 소련에서 연구되었고, 일본에서는 작은 선박(야마토 1/2호)을 만들어 추진 실험까지 했다.

하늘을 나는 선박으로 알려진 위그WIG선은 여러 나라가 연구 개발한 실적이 있다. 옛 소련에서 대형 군용 위그선을 만들어 카스피해에서 시험 운항을 한 실적이 있고, 한국은 군용으로 개발하다가 실패했으나 민수용 소형 위그선은 거의 성공 단계에 와 있으며, 2020년에 조종사 양성용으로 한국선급KR의 인증을 받았다. 미국은 MHD 추진이나 위그선에 대한 발표가 없어 관심이 없느냐고 한미 정보 교환 협정 공식 회의에서 문의해보았더니, 비밀에서 해제된 일부분에 대해서만 어렵게 답을 얻을 수 있었다.

전자기 추진은 많은 연구와 실험을 수행한 바 있는데, 초전도 분야가 획기적으로 발전하기 전까지는 실용화는 불가능하다. 위그선도 많은 연구와 검토가 진행되었는데, 기상 조건이 양호할 경우 소형선으로는 가능한 수단이지만, 새와의 충돌Bird Strike 가능성 등 몇 가지 사유로 군사용 적용은 불가하다는 결론을 내렸다.

국내에서 군사용 위그선 개발을 추진할 당시인 2006년 국회 토론회에 불려가서 미국의 위그선 연구 현황을 간단히 설명하고, 큰 예산 투자 이전에 가능성 연구부터 신중하게 진행하자고 간곡히 제안했지만, 같이 참석했던 고위 공직자, 과학 기술계 고위 인사, 유명 공대 교수뿐만 아니라 정치권 일각에서도 차세대 유망 산업으로 개발을 지지하고 있는 상태라 막을 수가 없었다. 결국 개발을 진행한 결과 정부 예산과 기업의 투자비 등 수백억 원을 투입하고도 값비싼 교훈만 얻은 셈이 되었다.

1980년대 중반 뉴저지 호보컨의 스티븐스 공대 학생 아파트에서 생활하던 시절, 가끔 화재경보기 오작동으로 비상벨이 울리면 소방차가 사이렌을 울리면서 출동하는데, 방독 마스크와 도끼로 무장한 소방관이 들이닥치고, 입주자는 무조건 밖으로 나가야 했다. 그런데 일주일 사이 두세 번 오작동이 계속되면 '또 오작동이네' 하는 생각이 들면서 추운 외부로 나가기 싫어진다. 그런데도 소방차는 즉시 나타나고, 방독면과 도끼로 무장한 소방관은 여지없이 복도를 누비면서 탈출하지 못한 집이 있는지 살핀다. 우리 같으면 유선 전화로 "또 오작동이지요?" 하고 물어보고는 오지 않을 것 같은데, 요령이 부족한 것인가, 규정과 원칙에 충실한 것인가?

북한의 군사력

경제 사정이 아주 나쁜 북한이 국제적인 경제 제재를 받아가면서까지 왜 대륙간 탄도탄과 핵무기를 포기하지 못할까? 북한 해군은 많은 수의 기습 공격용 공기 부양정과 어뢰정, 그리고 70척 규모의 잠수함을 보유하고 있는데, 대부분의 국가가 보유하고 있는 호위함급 이상의 수상 전투함은 왜 한 척도 안 가지고 있을까?

군사력 건설은 하루아침에 이루어질 수 없으며 병력 조달과 유지, 무기 개발 및 운용, 군수 지원 등 모든 분야가 중장기적인 계획하에서 이루어진다. 현대전은 속도가 중요한 역할을 하고 초전이 중요하다고 하지만, 한반도처럼 산악 지형이 많고 많은 수의 병력이 집결된 곳에서는 전쟁을 단기간에 끝내기가 쉽지 않기 때문에 후방의 군수 지원이 중요하고, 국가 경제력이나 사회 간접 자본도 전쟁 수행에 큰 역할을 한다. 밖에서 보기에는 군사력에 균형이 잡혀 있지 않은 모습으로 보일지 모르나 경제력이 약한 북한은 나름대로 오랫동안 많은 고민을 해왔을 것이다.

북한은 6·25 전쟁을 통하여 많은 교훈을 얻었다. 미국의 힘, 특히 제공권을 거의 장악했던 미국 공군력은 전후방을 막론하고 북한군과 중국군을 맹폭하여 주간에는 대규모 병력의 이동마저도 어렵게 만들었고, 후방의 군수 물자 지원도 방해받아 중국군 참전 이후 UN군이 서울을 버리고 후퇴할 무렵에도 남쪽으로 진격을 계속할 수가 없었다. 현재에도 북한은 많은 수의 방공 전력을 유지하고 있는데, 지구 상에서 대공 방어망이 가장 촘촘한 지역이 평양이라는 사실은 잘 알려져 있다. 해군력의 차이도 절감하였다. 낙동강 전선까지 밀고 내려 갔지만 인천 상륙 작전으로 후방이 끊겨 괴멸될 뻔했다. 1960년대 채택한 북한의 4대 군사 노선 중 전 국토의 요새화, 전 인민의 무장화 는 한미 연합군이 보유한 해공군력, 특히 상륙전 능력에 대비하려면 후방 지역까지도 동시에 방어할 수밖에 없는 상황을 반영하고 있다.

2003년 벌어진 이라크전에서, 북한과 유사한 수준의 군사력을 보 유했던 후세인 정권이 짧은 기간에 맥없이 패배하는 것을 보면서 미 국 군사력의 월등함을 다시 한 번 절감하였다. 과거 개혁 개방 정책 으로 인한 소련과 동유럽 공산권의 붕괴도 신경 쓰이는 부분이고, 민 주화 요구로 정권이 무너진 이슬람 국가들의 사례도 있어 조심스럽 다. 세계에서 유래를 찾기 힘든, 백두 혈통이라는 3대 세습 정권의 정당성을 지속적으로 유지하려면 자금이 필요하고, 경제적으로는 중 국과의 교류가 불가피한데, 경제 교류에 따라 외국의 많은 정보가 같 이 교류되는 것과 늘어만 가는 스마트 폰에 의한 외국 정보의 확산도 불편하게 느껴진다.

6·25 전쟁 전에는 전력이나 산업 생산에서 남한보다 우위에 있었 으나 1960~70년대 한국의 수출 주도 산업화 이후 남북의 경제력 격 차는 점점 벌어져 지금은 도저히 따라잡을 수가 없다. 남한이 한 대

에 1,000억 원 가까이 하는 스텔스 전투기F-35를 몇십 대를 도입하여도 대응할 만한 수준의 무기 확보는 불가능하고, 호전성 운운하면서 비난하는 것 이상의 대책은 없다. 북한이 보유 중인 많은 수의 전투기는 대부분 구형일 뿐만 아니라 유류 부족으로 연중 조종사 비행 훈련 시간이 10시간 이하라는 발표도 있다.

남한에는 미군이 주둔하면서 전쟁 발발 시 한미연합사령부가 전군을 지휘한다. 미군은 한반도 전쟁 발발 시 동원 가능한 군사력을 한반도뿐만 아니라 일본, 괌 등에도 유지하고 있으며, 장거리 폭격기는 미 본토에서도 발진 가능하고 필요시 다양한 정보 수집 정찰기나 군사 위성이 첨단 장비를 이용해 수시로 감시 활동을 펼치고 있기 때문에 유사시 북한을 압도할 수 있다. 한미 연합 공군은 종종 한반도 주변에서 전략 폭격기가 동원된 연합 훈련을 실시하는데, 미국이 보유한 폭탄 중에는 지하 100m까지 침투하여 폭발하는 것도 있다. 그렇기 때문에 한미연합 훈련 계획이 발표되면 훈련 기간 전후 20일이나 30일 정도 북한 지도자가 잠적하여 행방이 묘연해지며 추측성 보도가 난무하는 것은 우연이 아닐지도 모른다.

군사력, 경제력, 사회 간접 자본 등 모든 면에서 큰 차이가 나는 북한 입장에서 세습 정권을 유지하기 위하여 취할 수 있는 방법은 정면 대결이 아닌 일종의 반칙 전략, 전문 용어로 비대칭 전략밖에 없다. 덩치 큰 격투기 선수와 작고 약한 사람이 싸우면 결과는 불 보듯하지만, 약한 사람이 작은 칼이나 뾰족한 못을 가지고 덤빈다면 격투기 선수가 이길 수는 있겠지만, 부상의 위험 때문에 주저하게 된다. 그것이 비대칭 전략이다. 알카에다 세력이 즐겨 사용했고, 아프가니스탄 전쟁에서도 반군이 급조 폭발물로 미군을 괴롭혔으며, 베트남 전쟁에서 북베트남군은 미국과의 전면 전투는 되도록 피하면서 밀림 속에서 게릴라전을 펼쳐 장기적으로 미군을 괴롭힘으로써 결국에는 미군이 철수하게 만들었다.

북한이 취할 수 있는 비대칭 전략은 어떤 것이 있을까? 치명적인 핵, 방어가 쉽지 않은 미사일, 생화학 무기, 인터넷을 이용한 사이버전과 은밀·기습 전략 등이다. 다시 정리하면, 전술적으로는 은밀·기습 작전, 전략적으로는 대량 살상 능력을 보유하고 심리전, 사이버전을 펼치는 것이다. 북한에는 정찰총국 산하에 약 일만 명의 사이버 전사가 활동하고 있으며 사이버전 능력은 세계 7위권이라고 한다. 그들은 세계적인 금융망에 침투하거나 해킹으로 외화벌이를 하고 있고, 기술 정보 수집 능력도 대단하다고 알려져 있다. 최근 미국 의회 청문회 보고에 따르면 북한이 사이버전으로 벌어들이는 수익이 연간 약 20억 달러에 달한다고 한다.

서울 불바다 운운하는 북한을 보면 밀수나 해킹으로 교도소를 다녀온 사고뭉치 북쪽 동생이, 모범생으로 자라 안정된 생활을 하는 남쪽 형 집에 불을 지르겠다고 위협하는 것 같은 느낌이 든다. 동생의 요구를 계속 다 들어줄 수도 없고, 형제 사이에 경찰에 신고하는 것도 마음에 썩 내키지 않는다. 북한의 기습 공격으로 시작된 연평 해전, 천안함 폭침, 연평도 포격, 남북 공동연락사무소 폭파 등 남한이 선제공격을 당하기만 하는 듯한데, 그때마다 제대로 보복 공격을 했더라면 동생의 나쁜 버릇이 고쳐졌을까? 북한의 도발과 과격 발언을 두고 군 일각에서는 밤에 개가 짖는 것은 남을 위협하거나 공격하려는 것이 아니라 스스로 무서워서 짖는 것이라고 표현하기도 한다. 전체적인 상황을 이해한다면 일리가 있는 것 같기도 하다. 그러나 국방에 방심은 없다. 구형의 M1 총에 맞으나 신형 K2 소총에 맞으나 죽기는 매한가지다. 언제나 최악에 대비해야 한다.

1990년대 동해안에서 좌초되어 강릉 안인진 해안 통일 공원에 전시되어 있는 북한의 상어급 잠수함과 속초 근해에서 어망에 걸려 나포된 북한의 유고급 잠수함을 조사해 보면, 냉난방 설비도 없고 탑재되어 있는 장비도 많이 허술하다. 그러나 그런 열악한 잠수함을 타고 남한 항구까지 수차례 왔다 갔고, 거기에는 필요한 살상 무기가 다 갖추어져 있었다.

북한의 무기 체계를 보면 숫자는 많지만 전체적으로 낙후되어 있고 첨단 무기는 별로 없는 듯 보이는데, 그러나 북한은 나름대로 치명적이거나 은밀하게 기습 공격할 수 있는 비대칭 전략으로 위협하고 있다. 어떤 수단을 사용해서라도 핵무기는 없애야 하겠지만, 경제 제재가 풀리고 개혁 개방으로 북한의 경제가 안정될 때까지 무역 거래도 하면서 평범한 이웃 나라처럼 분쟁 없이 지내는 것은 불가능한 일인가? 산은 산이고 물은 물인데, 그냥 이웃 나라처럼 남한은 남한으로, 북한은 북한으로 서로 신경 안 쓰고 살 수는 없을까?

국방에 대한 생각

작지만 강한 군대

　우리나라가 북한의 공격을 막아 평화를 유지하고 주변의 잠재적 위협으로부터 국가적 자존감을 확보하기 위하여 필요한 군사력은 어느 정도가 적정선인가? 누구도 쉽게 답할 수 없는 문제다. 국방은 군사력만으로 이루어지는 것이 아니라, 정치, 외교, 경제, 사회 간접 자본 등도 관련되어 있고, 지정학적 위치와 나라의 크기, 인구수 등도 영향을 미친다.

　미래학자들이 21세기에 예측되는 세계 5대 강국으로 미국, EU, 중국, 일본, 러시아를 거론한 적이 있었다. 이후 중국의 성장으로 인한 미중 대립, 영국의 EU 탈퇴 등 변화는 있었으나 언급된 국가들은 군사, 경제면에서 강대국인 것은 분명하다. 예측된 5대 강국 중 EU를 제외한 4개국 세력에 둘러싸여 있고, 휴전선 따라 남북으로 갈라져 있는 한반도의 모습에서 태극기가 연상된다면 너무 비약된 상상인가? 언급된 6개국이 바로 초기 북핵 사태 때의 6자 회담 당사국들이다.

　6·25 전쟁 휴전 후 북한은 군사적 도발을 중단한 적이 없다. 최근에는 핵무기와 장거리 탄도탄 문제로 미국 주도로 UN의 제재를 받는 등 긴장이 해소되지 않고 있다. 아시아에서의 미국과 중국의 대립

에 따라 한반도 주변은 정치 외교적으로도 점점 복잡 미묘해지고 있으며, 분쟁의 소지는 곳곳에 여전히 상존하고 있다. 사할린섬과 일본의 북해도 사이 러시아가 지배하고 있는 4개 도서에 대한 일본의 영유권 주장, 일본이 실효 지배하고 있는 센카쿠 열도(댜오위다오)에 대한 중국과 대만의 영유권 주장, 중국과 대만 관계, 대만 해협의 자유 통행 문제, 우리의 석유 수송로에 위치한 동·남중국해에 대한 중국의 군사 기지 건설과 각국의 영유권 주장 등에 주변 4강이 얽혀 있고, 우리는 남북한 대립을 제외하고도 우리가 실효 지배 중인 독도에 대한 일본의 영유권 주장, 서해 경제 수역 문제, 이어도와 7광구 해저 자원 문제 등에서 중국, 일본과 이해관계가 얽혀 있다.

우리는 군사력 건설 방향 수립에 많은 고민이 있다. 당장은 북한이 주적이지만 경제적으로 낙후되어 비대칭 전략에 의존하는 북한에만 초점을 맞출 수가 없다. 해군의 대규모 상륙전 능력은 북한으로 하여금 해안선 전체의 방어와 많은 군사력의 후방 배치를 강요하여 군사력을 분산시키는 큰 효과가 있지만, 우리보다 강한 주변국에 대해서는 효용성이 크지 않은 세력이다. 북한의 전투기만 상대한다면 5세대의 스텔스 전투기가 아닌, 우리 공군의 주력인 4세대 전투기만으로도 충분하다.

최근의 우리나라 전반적인 환경 변화도 고려해야 한다. 출산율이 저하하여 군 입대 대상자가 감소하고 있는데, 군 복무 기간까지 줄어드는 추세라 양과 질 양면이 모두가 문제다. 개인의 안전 문제와 인권이 크게 신장되어 군 훈련에도 고려 또는 기피 사항이 많아졌다. 국가 경제 성장률은 둔화하는데, 교육이나 복지 등에 소요되는 정부 예산은 크게 증가하여 국방비도 제한을 받을 수밖에 없다.

군사력 건설에는 장기간의 준비와 정책이 필요한데, 우리는 어디로 가야 하나? 쉽고 명쾌한 답은 없다. 다만 양보다는 질로 갈 수밖에 없는 상황에 도달한 것 같다.

북한의 무기 하나하나를 상대로 1:1로 싸워 이길 필요가 없다. 유사시 남북 간 분쟁이 발생할 경우 우리가 조금 다칠 각오만 한다면 지휘부 결정타 몇 방으로 독재 국가는 붕괴시킬 수 있다. 아직 우리는 혼자가 아니다. 북한의 핵은 문제지만, 한미 연합 전력이면 대북 견제는 충분하다.

우리나라는 동북아시아 대륙에 붙어 있는 유일한 비공산권 국가이나 누구도 무시 못 할 수준의 경제력을 보유하여 있으며, 미국이 투자한 자본이 웬만한 나라보다도 많을 뿐만 아니라 미국, 중국, 일본과 자본, 소재, 생산, 수출, 소비도 맞물려 있으므로 서로 쉽게 무시할 수가 없다. 북한을 무시해도 된다는 의미는 아니지만, 국방력 건설 정책에서 북한에만 초점을 맞출 필요가 없다는 뜻이다. 북한에 대해서는 이길 수 있는 기본 전력만 가지고, 우리도 북한처럼 우리 상황에 적합한 나름의 비대칭 전력을 가져야 할 것이다.

군 병력 수는 줄어들고 있고 국방 예산을 계속 늘릴 수 없는데, 군사 강국들이 보유한 무기 체계를 다 가질 수는 없다. 냉정하게 판단해 보면 북한을 제외하고 우리 주변에 우리가 1:1로 싸워 이길 나라는 별로 없다. 그렇다고 주변국을 능가할 정도의 군사력을 무리하게 보유할 필요도 없다. 상대국을 침략하지 않고 유사시 자존심을 지키면서 평화를 유지하려면, 핵심적인 비대칭 무기 체계 몇 종류로 가능할 것이다.

종합해 보면 '기본＋비대칭 전력'이 답이 아닐까? 약소국에는 위협적이지만, 군사 강국에 효용성이 낮은 무기의 보유 필요성이나 수량은 재고하여야 한다.

훈련을 비롯한 내실도 중요한 요소다. 아들을 군에 보낸 엄마들이 군 생활을 간섭하는 것 같은 모습은 사라져야 한다. 운동 선수단이 자주 사용하는 문구 중에는 "연습은 실전처럼, 실전은 연습처럼"이라는 말이 있다. 실제 전장은 비 내리는 깜깜한 밤 어디선가 포탄이 날아오고, 옆에는 전사한 동료, 부상당한 전우가 소리치는 상황이 생기기도 하는데, 이런 실전에 대비하여 훈련을 한다면 가끔 불가피하게 예상치 못한 부상자가 발생할 수도 있다. 부상자에 대한 적절한 예우는 필요하겠지만, 운동 선수단이 부상자 생긴다고 연습을 게을리하면 실제 경기에서 어떻게 이길 수 있겠나?

국방 TV 등에서 미군들의 훈련 모습이나 아프간 전쟁, 이라크 전쟁, 그레나다 침공 작전, 인질 구출 작전, 또는 빈 라덴 제거 작전 등의 다큐멘터리를 보면 프로 선수 같은 느낌이 든다. 그런데 우리 국민들 속에 비친 군의 모습은 훈련소 입소, 군복 입은 연예인, 임관식, 관함식, 에어쇼, 의장대 시범, 시가행진 등으로 많이 나타난다. 오늘 밤 당장 싸울 준비Fight Tonight는 되어 있는지 자문해 보자.

영세 중립국인 스위스의 평화는 중립 선언만으로 유지되는 것이 아니다. 히틀러의 독일은 스위스를 칠 경우 이길 수 있었겠지만, 그 과정에서 입을 막대한 피해가 두려워 스위스를 우회하여 지나갔다. 전쟁을 두려워하지 않고 준비할 때만 평화가 유지된다는 사실을 많은 역사가 보여주고 있다.

2차 대전 종전 후 소련의 팽창을 견제하기 위하여 일본의 부흥을 도왔던 미국은, 최근 중국의 군사력 팽창 때문에 일본의 군사 대국화를 지지하는 인상을 주고 있으며, 최근에는 미국 군사력의 초점이 대서양에서 태평양, 인도양으로 변화하는 모습이다. 러시아는 경제력이 많이 약화하였지만, 여전히 군사 강대국이다.

우리는 지정학적으로 아주 중요한 위치에 놓여 있다. 남북이 통일되면 대박이고 우리도 큰소리칠 수 있다? 수년 전 발행된 미국 RAND 연구소 보고서를 인용하면, 북한의 내부 급변 사태로 정권이 일순간에 무너지면 누가 간섭하지 않고 맡겨도 남한의 역량만으로는 수습이 불가능하고, 중국도 수많은 난민 때문에 큰 혼란을 겪을 것이라고 한다. 통일은 절대로 간단한 문제가 아니다. 북한 땅에는 6·25 전쟁 중 사망한 중국군이 아직 수십만 명이 묻혀 있다고 한다. 불확실한 미래를 한반도 주변과 국내 상황을 종합하여 대비하여야 한다. 우리의 현실적인 경제력을 고려한다면 주한 미군의 군사력은 지속적으로 활용하고, 우리의 군사력은 '기본＋비대칭 전력'으로 작고도 매서운 군으로 건설해야 하지 않을까?

3부

일상에 대한 생각

한류

1980년대 중반, 미국 뉴저지 스티븐스 공대에서 대학원 공부를 할 시절, 한국 학생회와 대학원 학생회 활동에 참여한 적이 있었다. 휴일을 택하여 대학원 학생회 대표들과 각국 학생회 대표들이 버스로 스키장을 다녀온 적이 있었는데, 누군가의 제안으로 조금은 한국 스타일로 버스 내 앉은 자리에서 노래를 부르게 되었다. 그런데 이상한 결과가 나타났다. 한국 학생들은 영어로 팝송을 부르거나 남이 부르는 노래를 따라 같이 하는데, 한국 외의 나라에서 온 학생들은 아는 노래가 거의 없고, 심지어 미국 학생들의 영어 노래 솜씨도 아주 별로였다. 모두들 의아해 했다. 영어 대화에서는 실력이 제일 모자라는 한국 학생들이 노래만큼은 어느 나라 출신들보다 잘 알고 있었다.

'이상하네, 노래를 통하여 영어를 배웠나?'

노래는 우리 민족의 정서나 문화와 맥이 통하는 모양이다. 이제 와서 보니 인구 비례로 노래방이 우리보다 많은 나라는 없을 것 같고, 전국적 또는 지역 노래자랑 대회가 우리만큼 열리는 나라도 없을 것 같다. 가수가 꿈이었다고 말하는 사람도 많고, 가수를 꿈꾸는 젊은 세대도 많다. 싸이, K-POP, 방탄 소년단이 세계적으로 유명해진 것도 관계자들의 노력이 제일 크게 작용했겠지만, 모두 민족적 정서와 배경을 무시할 수가 없을 것 같다. 남한의 어린이 트롯 가수나 북한 어린이들의 노래 솜씨, 해외 북한 식당 종업원들의 공연과 최근에 국내에서 불기 시작한 트롯 열풍을 보면 우리 민족은 노래와 각별한 인연이 있는 것 같다.

같은 시기에 학교에서 1년에 한 차례 국제 음식 페스티벌을 개최하였다. 이 행사는 각 나라 출신들이 학교에서 기본 예산을 지원받아 고유의 음식을 마련하고, 전체가 모여 교류하는 축제의 마당이다. 한국 학생회에서는 불고기를 중심으로 잡채, 김밥 등을 준비하였는데, 매년 한국 음식 시식 대기자가 압도적으로 많아 조금 힘들었던 기억이 난다. 중국 음식은 전 세계적으로 각 나라에 토착화되어 있고, 일본 음식은 다소 고가의 음식으로 알려져 있으며, 피자는 이제 전 세계 보편적인 음식이 되었는데, 한식도 어떤 계기가 마련되거나 정부의 의지가 있으면 K-POP 만큼이나 위세를 떨치지 않을까 하는 생각이 든다. 당시 행사에 유학생 부인들이 한복을 입고 나타나면 한복 또한 참석자들의 많은 인기를 끌었다.

하계 올림픽 경기에서 우리나라가 금메달을 꾸준히 획득하는 종목을 보면 양궁, 사격, 펜싱, 태권도, 유도 등이다. 어떻게 보면 찌르기, 쏘기, 차기, 누르기, 조르기 등 격투기와 전쟁놀이다. 평화를 사랑한다는 민족이 맞나 하는 생각이 들지만, 냉정하게 살펴보면 대체로 힘으로 하는 운동이 아니고, 기술을 꾸준히 연마하고 정신을 집중하는 운동이다. 힘이나 덩치, 폭발적인 순발력이 요구되는 럭비, 조정 경기, 복싱 헤비급, 투포환, 투원반, 창던지기, 100m 달리기, 3단 뛰기 등에서는 예선 통과도 어려운 것이 현실이다.

골프는 최근 올림픽 종목으로 등장하였는데, 여자 프로 경기 중 가장 큰 무대인 미국LPGA이나 일본JLPGA에서도 한국 선수들의 활약이 돋보이고 있다. 그동안 골프는 미국과 유럽이 주도해 왔기 때문에 1년에 한 차례 미국 팀 대 유럽 팀의 세계 여자 골프 단체전이 친선 경기로 열리는데, 지금은 다소 맥 빠진 2류 대회 같은 느낌이 든다. 실력만 놓고 본다면 여자 단체전은 한국 팀 대 한국 외 전 세계International 팀으로 시합을 하더라도 한국 팀이 이길 확률이 크다. 2019년 세계 랭킹을 기준으로 4개 팀을 균형 있게 편성한다면 LPGA 소속 한국 선수 A팀, KLPGA(한국)·JLPGA 소속 한국 선수 B팀, 일본, 중국, 태국, 호주, 뉴질랜드 등 아시아·오세아니아 연합 C팀, 미국·유럽 연합 D팀으로 구성해야 실력 면에서 대등해질 것이다. 골프에서는 힘도 중요한 요소의 일부지만, 힘 외에도 운동 신경, 꾸준한 연습, 정신력, 집중력, 짧은 거리에서의 미세한 감각 등이 중요한 경기이므로 향후에는 우리나라 남자 선수들도 세계적인 선수가 많이 등장할 것으로 예상된다.

병아리 감별사는 한때 직업으로 인기가 좋아 미국 등 선진국에 취업 이민을 쉽게 갈 수 있던 시절이 있었다. 알에서 갓 부화한 병아리 중 암컷은 양계장으로 팔려가 성계가 되면 몇 년 동안 알을 낳는다. 수컷은 사료를 먹여 키워도 알을 낳지 못하므로 사룟값을 절약하려면 도태시키거나 조금만 키워 일찍 육계로 팔아야 한다. 그래서 초등학교 하굣길에서 사 온 예쁜 노란 병아리를 키우면 모두 수컷뿐이다. 그런데 작고 똑같이 생긴 어린 병아리의 암수를 감별하는 일이 쉬운 일이 아니다. 병아리 항문 근처에 손가락의 지문 부분을 접촉했을 때 아주 미세한 크기의 돌기가 만져지면 수컷, 만져지지 않으면 암컷이라는데, 우리 민족만 거의 100% 완벽하게 구별해 낼 수 있고, 다른 나라 사람들에게는 아주 어려운 일이라고 한다.

인공 지능 알파고와 이세돌 9단의 대결로 더 유명해진 바둑은 고대 중국에서 시작되었는데, 한국을 거쳐 일본으로 전파되어 일본에서 꽃을 피웠고, 1980년대 무렵까지 오랫동안 일본이 최강자로 세계를 선도하였다. 그러나 4년마다 개최되어 바둑 올림픽이라고 불리는 제1회 응씨배 세계 바둑 대회에서 1989년에 조훈현 9단이 우승한 이후 이창호 국수를 비롯한 한국 기사들이 15년 정도 일본, 중국을 압도하다가 최근에는 중국과 한국이 세계 타이틀을 양분하다시피 하고 있다.

이 밖에도 우리가 세계를 선도하는 분야는 많다. 태권도는 전 세계적으로 널리 보급되어 있는데, 인사와 구령은 대부분 우리말로 한다. 한때 운동화는 한국산이 다른 나라 제품보다 몇 배 비싸게 팔린 적이 있었고, 미국에서는 한국산 운동화 때문에 학생들 간 폭력 사태가 일어나기도 했었다. 메모리 반도체 분야에서 우리의 생산 능력을 따라올 수 있는 나라는 당분간 없을 것이다.

어느 나라 어느 민족이나 강점과 약점이 있다. 통상 한류라고 하면 지금은 대부분 K-POP을 먼저 연상한다. 그러나 생각해 보면 노래 이외에도 여러 방면에 많은 강점이 존재한다. 우리나라는 부존자원과 인구가 많지 않은 나라이기 때문에 내부 소비만으로는 발전에 한계가 있으므로 수출을 통하여 재화를 벌어들여야 경제 성장이 가능하고, 국민들의 평균 생활 수준이 올라갈 수 있다. 최근 세계적으로 경제 성장이 둔화되고 있고, 우리나라 산업 수출 성장의 증가세도 둔화되고 있다. 우리가 발전할 또 다른 블루오션을 한류에서 찾을 수 있지 않을까?

이런 배경에서 2020년에 정부가 문화체육관광부 내에 한류 지원협력과를 신설한 것은 늦은 감이 있지만 다행으로 생각한다. 스포츠 종목이든 과학 기술 분야이든 산업 분야이든 소수 인원이 취미로, 또는 자체 투자로 다양한 분야에 참여하거나 관심을 두는 것은 문제없지만, 선진국이 한다고 모든 분야를 국가가 지원하고 육성할 필요가 없을 것 같다. 세계적으로 국가 간 경쟁이 강화되는 추세인데, 우리는 우리가 강한 분야를 찾아 집중적으로 육성하여 그 분야에서 세계를 선도해야 할 것이다.

귀신을 만나다

　지금부터 약 40년 전, 1980년 무렵, 지금의 창원시 진해구 속천 바닷가 야산 중턱에 위치해 있던 ADD(국방과학연구소) 직원 기숙사에는 귀신 얘기가 돌고 있었다. 기숙사는 1년 전에 경사진 곳에 지어졌는데, 동쪽 바다에서 보면 3층, 입구 쪽인 서쪽에서 보면 2층으로 보였다. 입구 서쪽 아래 약 150m 떨어진 곳에 30세대 규모의 연구소 아파트가 있고, 동편 경사지 아래로는 멀리 속천 항구가 보이며 위는 산으로 연결되어 있어 밤이면 지금과 달리 주변이 상당히 조용하고 어두웠다.

　입주 후 1년쯤 지난 초가을 무렵, 입주자들이 대부분 외지로 떠나는 조용한 주말 밤이 되면 귀신이 나타나고, 기숙사 어딘가에서 귀신 숨 쉬는 소리가 들리는데 어딘지는 알 수가 없어 무서워서 잠을 못 잔다고 했다. 주변 지역에서 오래 살아오다가 기숙사 경비원으로 채용된 K 씨 얘기로, 6·25 전쟁 시절 후방으로 실려 온 전사자들의 유해가 기숙사 자리 야산에 많이 묻혔고, 기숙사 자리는 오랫동안 공동묘지였다가 몇 년 전에 밭으로 바뀌었다고 했다. 기숙사가 그 밭 자리에 지어졌다는 구체적인 진술은 귀신의 존재에 믿음을 더해 주었다.

전기가 없던 어린 시절, 맑은 가을날 밤 보름달은 지금의 운동 경기장 야간 조명등처럼 밝았고, 달이 없거나 비 오는 밤은 칠흑같이 어두워 매일 다니던 익숙한 길도 걷기가 불편했다. 그 시절에 귀신은 동네 여기저기에 많이 살았다. 귀신이나 도깨비한테 홀린 적이 있다는 많은 간접 경험담은 어린 시절 기억에 귀신의 존재를 각인시켜 주었다. 깜깜한 밤 담력을 자랑하다가 혼자 공동묘지에 가서 한복판에 굵은 말뚝을 박고 오는 사람이 이기는 내기를 했는데, 한 명이 선발되어 공동묘지로 가서는 돌아오지 않아 친구들이 횃불을 들고 찾아갔다고 한다. 혼자 갔던 사람이 기절해 있어서 친구들이 자세히 보니 옷자락 끝이 말뚝에 같이 박혀 있었단다.

귀신에 대한 얘기는 '전설의 고향'이라는 제목으로 TV에서 오랫동안 방영되었다. 어떤 고을에 새로 부임하는 사또마다 아침에 주검으로 발견되어 담력이 아주 센 사또를 특별 선발하여 부임시켰다고 한다. 남들이 잠든 깜깜한 밤이 되자 바람이 살살 불어 호롱불 불꽃이 흔들리기 시작하더니, 어디선가 긴 머리를 산발한 피 묻은 얼굴의 여자 귀신이 흐릿한 모습으로 나타나 사또한테 다가왔다. 아마도 이때 전임들은 모두 기절한 모양이다. 그때 사또가 하는 말은 정해져 있다.

"사람이면 모습을 드러내고, 귀신이면 썩 물러가라."

산발한 여자 귀신은 흐느끼면서 억울한 죽음에 대한 자초지종을 얘기하고 사라진다. 다음 날 사또는 과거 살인 사건의 범인들을 잡아내어 억울하게 죽은 사람의 원한을 풀어주는데, 그날 이후 귀신은 더 이상 나타나지 않아 평화스러운 고을이 되었다는 이야기다.

그해 가을 어느 주말 토요일, 약속이 취소되어 거의 텅 비어있는 기숙사에 머물고 있었다. 밤에 혼자 2층 휴게실 소파에 기대어 TV를 보다가 자정 무렵 방으로 가서 잠을 청했다. 그런데 잠들려고 하는 순간 어디선가 이상한 소리가 들려왔다. 정신을 가다듬고 귀를 기울여 들어 보니 무슨 숨소리 같은데, 가까이서 나는 것은 아니었다. "쉬익 쉭, 쉬익 쉭" 하는 반복적인 소리가 가늘게 들려 왔다. 아무리 생각해도 사람의 숨소리는 아니었다.

'이상하다. 뭔가 있다. 여러 명이 말하던 그 귀신인가?'

슬리퍼 소리를 내며 방을 걸어 나와 복도의 중간에 위치한 휴게실에 오니 아무 소리도 들리지 않았다. 잘못 들었겠지 생각하고 방으로 돌아가 다시 누웠는데, 조금 지나니 또 들린다.

"쉬익 쉭 쉬익 쉭."

슬리퍼를 신고 다시 방을 나가 이번에는 계단을 내려가 1층 로비와 휴게실에 전등을 켜고 둘러봐도 아무도 없고, 소리도 들리지 않았다. 점점 이상한 생각이 들었다. 2층도 아니고 1층도 아니었다. 혹시나 해서 정문 출입문을 열고 밖으로 나가니 깜깜하고 별빛만 총총하다. 뭔가 단서를 찾으려고 기숙사 바깥을 조심조심 걸어 한 바퀴 돌았는데, 멀리 보이는 속천항에 정박해 있는 어선의 불빛만 보일 뿐 아무 것도 나타나지 않았다. 잘못 들었겠지 생각하고 1층 로비의 전등을 끄고 다시 2층 방으로 올라와 누웠는데, 조금 있으니 또 같은 숨소리가 들렸다. 잠은 완전히 달아난 상태. 가만히 생각해보니 지하 쪽에 빈방이 4개가 있고, 보일러, 세탁기 등이 설치된 기계실이 있는데, 거기는 가보지 않았다는 생각이 들었다. 그런데 조금 전 1층 로비에 전등을 켰을 때 지하 쪽은 조용했었다. 지하 공간에 뭔가 있을지도 모른다. 그러니까 불을 안 켜고 조용히 가서 봐야겠다는 생각이 번쩍 들었다.

슬리퍼 대신 운동화로 갈아 신고, 소리 없이 한 걸음 한 걸음 조용조용 걸어서 1층 로비에 내려오니 숨소리는 계속 들려오는데, 깜깜한 지하실에서 올라오는 것이 확실했다. 지하실 바닥까지는 둥글게 돌아서 내려가는 계단이 약 20개 정도. 뭔가를 잡아보자는 생각에 전등이 켜져 있지 않은 깜깜한 계단의 난간 아닌 벽 쪽에 붙여 손가락을 벽에 대고 조심조심 소리 없이 벽 따라 한 계단, 한 계단 내려가기 시작했다. 숨소리는 지하 공간 바닥 근처에서 계속 들려온다. 무서운 생각이 들기도 하지만, 귀신은 목을 조르거나 치거나 찌르거나 하지는 않으니 정신만 차리면 되었다. 열다섯 계단쯤 내려가면 지하실 전등 스위치가 벽에 있다는 것을 경비원들과 시설 점검을 같이 다녀서 기억하고 있었다. 귀신은 절대로 물리적 위해를 가하지 않는다는 사실을 계속 대뇌이면서 귀신 숨소리를 들어가며 조심조심 내려오니 드디어 벽에 붙은 전등 스위치가 손가락에 만져졌다. 귀신 숨소리는 바닥에 있는 개인별 빨래함 근처에서 나는 것이 확실했다.

'불을 켜면 뭐가 나타날까? 큰 구렁이? 검고 눈 큰 두꺼비? 산발한 여자 귀신?'

짧은 상상을 하면서 스위치를 순간적으로 올렸다. 주변이 갑자기 환해졌다. 바닥에 특별히 이상한 것은 아무것도 보이지 않았다. 귀신 숨소리도 동시에 멈추었다. 뭐지? 남은 계단 몇 개를 마저 걸어 내려와 바닥을 둘러보니 귀뚜라미 몇 마리가 뛰어다니는 것 이외에는 아무것도 없다. 숨소리는 어디로 갔지?

잠시 멍하게 서 있는 사이 갑자기 머리를 치는 깨달음. 귀뚜라미다.

'맞아! 늦가을 귀뚜라미 몇 마리가 낮에 열린 문틈으로 들어왔다가 밤이 되어 사람들의 왕래가 사라지고 주변이 조용할 때 동시에 울어대니, 지하 큰 공간에 공명이 되어 멀리서는 숨소리로 들렸구나!'

계단 전등 스위치를 끄고 1층 로비에 올라와 조금 기다리니 귀뚜라미들은 다시 울기 시작하고, 이제는 귀뚜라미 소리(공성_{蛩聲})로 들려왔다. 그날 밤은 멀리서 은은하게 들려오는 귀뚜라미 소리(명상 주파수)를 들으며 아주 편안한 잠을 잤다. 귀신이나 두려움의 실체는 외부에 있는 것이 아니고 내 속에 있다는 사실을 왜 진작 몰랐을까?

공기와 물

우리가 사는 지구 표면의 약 30%는 육지이고 70%는 바다다. 인간은 육지 중에서도 사막, 황무지, 큰 호수, 산악 지대, 추운 극지방 등을 제외한, 바다와 가깝거나 다소 평평한 일부 지역에 모여 살고 있다. 지상에 사는 모든 생물은 공기나 물 없이는 살아갈 수가 없고, 공기와 물의 중요성은 누구나 알지만, 주변에 널려 있고 편하게 얻을 수 있기 때문에 세부적인 특성에는 큰 관심이 없어도 살아가는 데는 지장이 없다. 인간은 공기 중에서 허파로 호흡하면서 살고 있기 때문에 눈에 보이는 주변의 생활 공간에서는 별 불편이 없다. 하지만 해발 8,000m 높은 산에는 아무나 가지 못하고, 물속에서는 숨을 참고 잠시 들어갈 수는 있어도 별도의 장비 없이는 오래 견딜 수가 없다. 지금부터 우리가 평상시에 살지 않는 주변 지역과 환경을 찾아가 보자.

우리가 사는 지상의 공기 압력은 통상 1기압이지만, 높이 올라갈수록 공기가 희박해져 압력이 낮아진다. 지리산 천왕봉 근처에서는 0.75기압 정도이므로 한번 숨 쉴 때마다 산소는 평소의 3/4 정도만 들어오므로 숨이 약간 가빠질 정도이나 높은 고도를 계속 걸어서 온 사람들은 환경에 익숙해져서 평지와의 차이를 크게 느끼지 못할 수도 있다. 버너로 밥을 할 경우, 물 온도가 올라가다가 100도가 되기 한참 전에 물은 끓어 버리고, 온도는 더 이상 올라가지 않기 때문에 설익어 밥이 잘되지 않는다. 에베레스트 등산을 간다면 정상 부근은 약 0.3기압 정도로 가만히 있어도 숨쉬기가 어렵다. 매섭게 추운 경사 길을 무거운 배낭을 메고 왕복하는 것은 등산 전문가가 산소 도움을 받아도 어려운 일이며, 무산소 등정은 희소 기록에 남을 정도다.

국제선 여객기를 타면 통상 10㎞ 고도로 날아간다. 비행기 외부는 영하 50도에 0.27기압 정도로 인간이 살 수 있는 환경이 아니므로 기내는 0.7기압에 24도 정도로 압력과 온도를 높여준다. 승객들은 지상의 평지에 비하면 숨쉬기 불편하겠지만, 비행 중에는 주로 가만히 앉아 있거나 짧은 거리만 잠시 걷기 때문에 산소가 적은 낮은 기압의 불편을 느끼지 못한다. 이때 비행기 동체는 내외 기압 차이로 풍선처럼 약간 부풀어 오른다. 비행기가 활주로에 착륙하면 부풀어 올랐던 기체는 다시 정상으로 줄어들기 때문에 기체는 운항함에 따라 부풀고 줄어들기를 반복하는 것이다. 고공에서 운항 중에 기내 압력을 1기압 근처까지 올리면 승객들은 더 편해지지만 비행기 기체 수명은 조금 더 줄어든다. 착륙 준비 방송이 나올 때 물 마시고 남은 빈 페트병 뚜껑을 꽉 닫아 놓고 착륙 후 얼마나 찌그러지는지를 여러 차례 비교해보면 항공사마다 승객을 위하는지 항공기 수명을 중시하는지 알 수 있다.

공기가 지상의 10%도 안 되는 20㎞ 고공을 비행하는 미군의 U-2

정찰기 조종사는 우주복을 입는다. 조종석 압력 때문이 아니다. 혹시 20㎞ 상공 또는 고공에서 피격당하여 기체를 버리고 낙하산으로 비상 탈출할 경우, 희박한 공기와 낮은 온도로부터 몸을 보호하기 위해서다.

2010년대 초 공식 방한했던 남미 에콰도르 해군 참모 총장 일행과 중식을 하는 자리에서 축구 월드컵 예선이 화제였다. 에콰도르는 남미 북서부 태평양 연안에 위치하는데, 안데스 산맥이 지나가므로 축구 경기장 중 일부는 해안 저지대, 일부는 해발 2,500m 이상 고산 지역에 있고, 월드컵 예선전에는 항상 산소가 부족한 고산 지역 경기장을 사용한다고 한다. 자국 선수들은 높은 고도에서 2~3주 동안 홈 Home구장 적응 훈련을 하는 것이다. 세계적인 명문 구단인 스페인 바르셀로나의 MSN 3총사였던 메시(M), 수아레스(S), 네이마르(N) 등 세계적인 스타 선수를 보유한 아르헨티나, 우루과이, 브라질은 국가 대표 선수들이 주로 유럽 리그에서 뛰다가 오기 때문에 고도 적응 기간이 짧아, 코피를 흘리는 등 제 실력을 발휘하지 못해 약한 에콰도르와 비기거나 가끔 지기도 한단다. 에콰도르는 고도가 낮은 지역에서 거행되는 해외Away 경기에서는 축구 강국을 이긴 적이 별로 없다고 한다. 국제축구연맹FIFA에서는 선수 보호를 위하여 월드컵 예선 경기 장소의 고도를 2,500m 이하로 제한하였는데, 수도가 해발 2,500m 이상 고지대에 위치한 에콰도르, 페루, 볼리비아 등은 강하게 반발하고 있다.

아가미가 없는 인간은 물속에서 살 수가 없고, 물이 아무리 맑아도 열 길 물속에 해당하는 15~20m 이상은 볼 수가 없다. 물은 공기와 물리적으로 많이 다르다. 밀도가 약 1,000배 크므로 물속을 달리면 공기 중을 비행할 때보다 유체의 저항을 1,000배 더 받는다. 따라서 잠수함이나 어뢰의 속도가 전투기나 미사일에 비하여 느릴 수밖에 없고, 가진 에너지로는 장거리를 가지 못한다.

수중에서는 총알도 멀리 가지 못한다. 총알은 지상에서 수 km 날아가지만, 권총이나 소총의 수중 유효 사거리는 5~10m 정도이다. 작살처럼 생겼고, 굵은 볼펜심 크기의 탄을 쏘는 수중 저격용 소총의 유효 사거리도 20~25m 정도이다. 따라서 수중에서 큰 폭약을 가진 기뢰나 어뢰가 폭발하여도 파편이 5m 이상 날아가기 어렵다. 지상이나 공중에서 폭발하여 파편으로 상대를 살상하는 수류탄, 포탄, 폭탄, 미사일 등에 익숙한 사람들은 이해하기가 힘들 것이다.

수중 무기 중 덩치가 가장 큰 기뢰는 탄체를 포탄이나 폭탄처럼 두껍게 만들지 않는다. 어차피 파편은 큰 효과가 없기 때문이다. 파편도 없이 군함을 어떻게 침몰시키나? 잠수함에서 발사하는 어뢰는 통상적으로 함정을 직격하지 않고 선체 몇 미터 아래에서 폭발시킨다. 폭발로 인한 강한 충격파로 선체를 손상시킨 후 상승하면서 팽창하는 기포가 선체에 도달하면 부력, 중력 관계로 손상당한 선체는 부러지고 침몰하게 된다.

고속으로 물속을 달리는 어뢰를 선체 바로 밑에서 정확하게 폭발시키는 것이 거의 불가능하다고 주장하는 사람들도 많았다. 이 문제는 머리로 고민하고 속도나 거리를 계산할 필요가 없다. 근접자기 센서만 부착하면 어뢰가 선체 아래를 지나갈 때 위쪽 선체를 감지하여 자동으로 터진다. 지금은 모든 정치권에서 북한의 소행으로 인정했지만, 한동안 많은 가짜 뉴스와 의혹을 달고 다니던, 피격되어 침몰한 천안함의 사례에 이러한 정황이 고스란히 담겨있다. 만약 선체 아래가 아닌 선체를 어뢰가 바로 직격하면 선체에 구멍이 뚫려 일반적인 화물선이나 여객선은 쉽게 침몰할 수 있으나, 칸막이 형태의 수밀 격벽으로 구분되어 있는 선체를 가진 군함의 경우, 피격된 부분은 침수가 되지만 그 공간만 폐쇄시켜 버리면 함정은 침몰하지 않는다.

제2차 세계 대전 때 독일 잠수함이 수많은 사례를 보여주었는데도 눈에 보이는 지상과 공중에만 익숙한 사람들은 쉽게 믿지 않는다. 심지어 피격 당시, 피격이냐 다른 이유냐 끝장 토론에 참석했던 많은 전문가도, 수중 환경이나 물리적 특성에 대한 이해 부족으로 양측 모두 끝장까지 사실에 접근하지 못하던 모습은 많이 안타까웠다.

지상에서 공기가 없는 우주(100km 상공 0기압)까지도 기압의 차이는 1기압이다. 그런데 물은 10m 깊어질 때마다 압력이 1기압씩 증가한다. 1,000m 수심에서는 100기압으로 지상보다 100배 강한 압력을 받는다. 따라서 물고기는 살 수 있어도 공기로 채워져 있는 허파를 가진 인간은 수압 때문에 깊이 잠수할 수가 없다.

물고기에는 압축이 되는 공기로 채워진 작은 부레가 있다. 물고기는 천적에 쫓기거나 낚시에 걸려 수압이 낮은 수면 근처로 갑자기 올라올 경우에 부레의 공기가 팽창하므로 부레가 터지지 않게 공기를 방귀 뀌듯이 계속 몸 밖으로 버려야 한다. 북유럽 발트 해에서 한때 청어 떼가 이동하면서 동시에 내뿜는 부레 공기의 소리를 잠수함 소리로 오인하여 스웨덴 해군이 장시간 동안 러시아 잠수함 수색 작업을 벌이고도 잠수함 탐지에 실패한 적이 있었다.

인간이 물속 깊이 들어가려면 잠수함을 타야 한다. 그렇지만 강한 재료로 선체를 두껍게 만든 잠수함도 내부에 압축이 되는 공기가 있기 때문에 잠수 깊이에 한계가 있다. 사고로 인하여 잠수함이 심해저에 침몰할 경우 어떤 깊이에 도달하면 강한 수압으로 선체는 내부로 폭발하여 산산조각이 난다.

물의 비중은 1이다. 모든 물질의 밀도 기준이다. 사람은 물에 뜬다. 바닥에 사는 조개를 잡으러 몇 미터 깊이의 물속에 들어갈 경우 납덩이를 허리에 차고 들어가야 한다.

1981년 무렵, 소형 잠수함 개발에 참여하던 시절, 잠수함 시험 중에 수중에서 발생할지 모르는 만약의 사고에 대비하여 개발자 전원이 해군에서 수중 비상 탈출 훈련을 받았다. 훈련 초기 단계, 간단한 수영 테스트 과정에서 총원 바닷물에 뛰어들어 움직이지 않고 가만히 있게 하였는데, 혼자만 가라앉았다. 미국에서 교육받은 해군 교관도 의아해 했다. 미국 해병대 입대자 중 0.3%만 음성 부력이라 1,000명 중 단 3명 정도만 물에 가라앉는다는 통계가 있는데, 매일 군사훈련도 받지 않는 민간인이 음성 부력이니 놀라지 않을 수 없었다.

바닷물의 비중이 1.025 정도이니까 당시 몸의 비중이 1.03 정도 되었나 보다. 평소 수영장에 가서 수영하면 호흡 동작에 힘이 많이 드는데, 공기를 들이마시고 잠수 수영을 하면 아주 편하게 수중을 유영했던 사실이 그때서야 이해가 되었다. 이후 나이가 들어가면서 수영장에서 부력 시험을 하면 몸의 극히 일부분(머리 끝)만 아슬아슬하게 물 위에 나와서 몸의 비중이 작아져 0.999 정도일 것이라고 생각하였다. 그런데 2020년 7월 부산 한국해양대학교 방문 길에 태종대 온천탕에서 물속에 정지하고 있으니 이번에도 가라앉았다. 혹시나 해서 안경 무게라도 줄이려고 안경을 벗고 시도하여도 여전히 가라앉았다. 몸의 비중이 다시 1.0보다 커진 것이다. 몸속의 지방이 빠졌나 아니면 몸속 어딘가에 돌이 생겼나?

넓은 우주 구석에 은하계가 있고, 그 한편에 태양계가 있으며 지구는 태양계의 한 점에 불과한데, 인간은 그 지구상에서도 아주 좁은 지역에서 고도가 높아도 살기 불편하고 물속 깊이 들어가도 살지 못하며 늘 1기압 근처에서만 살고 있는 미미한 존재다. 공기와 물의 큰 가치를 알아야 한다지만, 옆에 항상 같이 있으니 평상시 살던 환경에서 조금 멀리 떨어지면 위험하다는 사실조차 차라리 모르고 사는 것이 얼마나 행복한 일인가?

자연 그대로 Let it be

아프리카 흰코뿔소는 지구상에 현재 두 마리만 생존해 있는 희귀종 동물이다. 더 큰 문제는 남아 있는 두 마리가 모두 암컷이라는 사실이다. 남은 두 마리가 수명을 다하면 우리는 지구상에서 살아있는 흰코뿔소를 더 이상 볼 수가 없다.

지구에는 현재 약 800만 종의 동식물이 살고 있다. 세계자연보호연맹에 의하면 지구 온난화나 서식지 파괴 등으로 가까운 장래에 3만여 종의 동식물이 멸종할 것이라고 하며, 동식물 중 곤충의 멸종 속도가 아주 빠르다는 보고도 있고 생물의 대멸종이 이미 심각하게 진행 중이라는 주장도 있다.

어린 시절 여름밤이면 많이 보이던 개똥벌레는 천연기념물이 되어 큰마음 먹고 멀리 찾아가지 않으면 볼 수가 없고, 모내기 철, 친구들과 놀다가 집에 들어와 저녁 먹고 학교 숙제할 때 시끄럽게 방해하던 개구리 울음소리도 먼 세상의 추억이 되어 가고 있다. 우리나라 농가에서 재래종 고추와 호밀의 종자는 이미 사라졌다고 한다.

우주에서 보면 푸른빛을 띠면서 무척 아름답게 빛나는 지구도 종종 심각한 자연재해를 당한다. 화산 폭발로 도시가 사라지거나 화산재가 햇빛을 가려 긴 겨울이 되기도 하고, 지진으로 땅이 크게 갈라져 무너져 내리거나 지진 해일로 해안가 마을이 순식간에 폐허가 되기도 한다. 우주에서 날아오는 소행성은 크기에 따라 주는 피해가 다르지만, 인류 탄생 이전, 약 6,600만 년 전에는 직경 10~80㎞ 크기의 소행성이 멕시코 유카탄 반도에 충돌하여 직경 180㎞의 구덩이를 만들었다. 동시에 발생한 파편과 먼지 구름층이 햇빛을 차단하여 지구에 빙하기를 불러왔고, 공룡을 비롯한 생물의 75%, 체중 13㎏ 이상의 동물이 대부분 멸종했다고 한다. 만약 먼 우주에서 목성이나 토성 크기의 행성이 궤도를 이탈하여 지구 주변을 통과하게 되면 그 행성의 큰 중력에 지구가 빨려 들어가 지구는 흔적도 없이 몇 시간 안에 사라질 수도 있다. 화산 폭발이나 지진, 행성의 충돌 등은 인간의 힘으로는 제어할 수가 없다.

지구가 탄생한 지는 약 45억 년 되었는데, 인류의 조상이 아프리카에 나타난 지는 약 20만 년 전이고, 유라시아 대륙을 거쳐 남아메리카 남쪽에 도달한 시기가 약 1만 년 전이라고 하니 오랜 지구 역사에 비추어 보면 인간은 아주 최근에 늦게 나타난 셈이다. 인류가 지구를 지배한 이후부터 오랜 기간 대부분의 운송 수단에 필요한 에너지를 동물이나 인력, 풍력에서 얻었기 때문에 에너지 소비가 많지 않았다. 그러나 지금부터 약 250년 전, 산업혁명의 기반이 되었던 증기 기관이 발명되고 이후에 가솔린 기관, 디젤 기관, 증기 터빈 등 화석 연료를 사용하는 엔진이 속속 등장하였고, 서유럽 각국은 식민지를 개척하여 자원을 수탈하고, 대량 생산된 물건의 판매를 위해 대양을 통한 무역을 확대하였다. 그 후 인구의 증가, 자동차의 등장으로 석탄과 유류를 중심으로 에너지 소비는 급격히 늘어났다. 지속적인 산업화와 인구의 급격한 증가로 식량과 에너지 문제는 지구 생태계에 심각한 문제를 야기하기 시작하였다. 최근에는 이산화탄소, 메탄 등 온실가스의 증가로 지구 온난화가 진행되어 빙하가 녹으면서 해수면 상승, 태풍의 강도 증가 등 지구 환경이 변하기 시작하였고, 식량 생산과 자원 개발로 인한 아마존 지역, 아프리카, 인도네시아 등의 열대 우림과 숲의 파괴로 동식물의 서식지는 지속적으로 줄어들고 있다.

최근 전 세계적으로 확산되고 있는 코로나 바이러스는 자연 서식지 파괴로 인하여 숲속에서 살아온 박쥐들과 인간이 사는 공간이 서로 겹치게 되어 박쥐 바이러스가 인간에 전파된 것이며, 동물 서식지인 자연 파괴를 막지 않으면 코로나와 유사한 또 다른 바이러스가 인간에게 전파될 것이라는 주장도 있다.

우리가 버리는 생활 쓰레기도 정상적인 처리 범위를 넘어 전 세계가 골머리를 앓고 있으며, 태평양 어디엔가 떠다니는 큰 쓰레기 섬이 있고, 대기권 밖 우주에도 인간이 쏘아 올린 쓰레기가 아주 많아졌다. 미국 NASA(항공우주국)가 추정한 자료를 보면 지금 우주에는 파편을 포함하여 약 1억 3,000만 개의 쓰레기가 지구 궤도를 돌고 있다고 한다. 우주 쓰레기를 무단 방출한 나라는 당연 러시아, 미국, 중국, 프랑스, 일본을 비롯한 기술, 경제 선진국들이다. 다양한 동식물이 오랫동안 살아온 지구에, 아주 늦게, 최근에 나타난 인간이 지구의 유일한 주인인 듯 주변의 자연에 심한 갑질을 하고 있는 것은 아 닌지? 갑질의 결과는 언젠가 인간에게 그대로 되돌아와서 피해를 줄 것인데….

우리는 지구를 살리고 동식물의 생태계를 보전하기 위한 노력도 함 께 하고 있다. 오존층 파괴의 주범이었던 프레온 가스를 사용 금지하 였으며, 2015년에는 파리기후변화협정을 통하여 온실가스 배출량 감 축에 합의하였고, 동물의 유전자 보존이나 복제 연구나 야생 동물 복 원 노력도 상당히 진행하고 있으며, 노르웨이 스발바르 제도의 국제 종자 저장고에서는 씨앗 약 100만 종을 보존하여 사라져 가는 식물 종자의 보존에도 노력하고 있다.

동남아 국가나 북중미 국가에서는 개체 수가 줄어들고 있는 바다거 북의 알을 인공적으로 부화시켜 바다에 풀어주기도 하고, 우리나라 에서도 따오기, 여우, 반달가슴곰, 산양 복원이 진행 중인데, 성과도 좋은 편이다.

철새를 비롯한 야생 동물 먹이 주기 행사도 여러 곳에서 많이 한 다. 심지어 먹이를 달라고 하지 않는데도 갈매기나 호수에 사는 비단 잉어한테 과자를 던져 주기도 하며, 먹이를 던져 주면서 뭔가 베푸는 느낌을 받기도 한다. 그런데 야생 동물한테 먹이를 주는 것이 장기 적으로 진정한 도움이 되는 것인지는 한번 진지하게 고민해 볼 필요 가 있다. 선한 행동의 결과가 항상 선하다고 장담할 수는 없다. 인간 이 주는 먹이에 익숙해진 야생 곰, 멧돼지, 철새 등이 또 다른 인간과 갈등 관계로 인하여 피해를 볼 수도 있고, 지속적인 돌봄이 필요해질 정도로 동물들의 본성인 야성이 훼손될 수도 있으며 먹이 자체가 오염을 유발할 수도 있다. 일시적인 먹이 주기보다 장기적이고 근본적인 대책이 필요한 것 같다.

인간은 체온이 36~37도 정도인데, 조금 낮은 온도에 오래 노출되면 저체온증으로, 약 3도만 높게 지속되어도 고열로 인하여 생명이 위험해질 정도로 약한 존재다. 우리가 익숙해진 주변의 환경에서 안전하게 살아가려면 지구의 환경 파괴를 막고 생태계를 살려 동식물과 같이 살아가야 한다.

자연을 파괴하는 원인은, 육식을 위한 가축 사육 증가에 따른 경작지 개간, 편리함 추구를 위한 에너지와 물자의 과소비 등 인간의 욕심 때문이며, 그 결과는 다시 우리에게 돌아올 것이다. 세력이 점점 강해지는 태풍이나 허리케인, 면적이 증가하는 사막은 모두 인간이 만든 기후 변화가 원인이다. 수년 전에 우리나라에서 발생한 포항 지진은 주변의 지열 발전이 원인으로 밝혀졌다.

미국은 2019년 파리기후변화협정 탈퇴를 통보했다. 이대로 가면 지구의 생태계는 더 나빠질 것이다. 지구의 생태계를 살릴 수 있는 유일한 동물은 인간이다. 자연에 대한 인간의 갑질을 줄이려면 인구를 줄이고, 먹는 양도 줄이고, 에너지 소비도 줄이고, 비닐이나 플라스틱 사용을 줄이고, 밤을 밝히는 불빛도 줄이고, 전쟁도 없애야 할 것 같은데, 간단한 문제는 아닌 것 같다. 이대로 그냥 내버려 둬도 우리 세대나 자녀 세대가 사는 데는 큰 문제가 없을 것 같지만 하나밖에 없는 지구, 현재는 인간이 살 수 있는 유일한 행성이 아닌가? 아

름답게 보이는 지구의 자연을 지금이라도 있는 그대로 자연스럽게
보전할 수 있는, 세계 모든 나라가 공감할 수 있는 방법은 없을까?

Simple Life

현대는 스마트 시대다. 스마트 폰, 스마트 키, 스마트 센서 등 스마트 폰과 지능형 장치들이 일상생활에 큰 영향을 주고 있다. 무기도 스마트 시대다. 각종 지능형, 자동화, 또는 무인화 첨단 무기들이 전장을 지배한다. 그런데 무기 전문가들 사이에서 전쟁의 역사나 양상을 바꾼 100대 무기를 선정하라고 하면 화약, 핵무기 등과 함께 항상 1, 2, 3위를 겨루는 무기가 바로 AK-47 소총이다. 알 카에다나 소말리아 반군을 비롯한 중동이나 아프리카 테러 단체의 무기로 잘 알려진 AK-47 소총은 1947년 소련에서 개발되어 베트남전, 중동전에서 사용되었고, 70년이 지난 지금까지 1억 정 이상이 생산되어 러시아, 중국, 북한, 베트남, 동유럽뿐만 아니라 전 세계에서 널리 사용되고 있는 Best Seller다.

AK-47 소총의 특징은 부품 수가 적어 구조가 간단하고, 각 부품이 튼튼하여 내구성이 좋으며 운용이 용이하고 제작 단가가 싸다는 장점이 있다. 따라서 사막이나 극지방에서도 고장이 잘 나지 않고, 강바닥에서 버려져 있던 것을 건져도 펄이나 모래만 적당히 씻어내면 바로 사용이 가능하다고 한다. 중고품은 가난한 아프리카 국가에서는 단돈 1만 원 정도에 거래되기도 하며, 국내에서도 수출용으로 생산되고 있다.

첨단 무기가 넘쳐 나는 시대에 군인의 가장 기본적인 무기인 소총 중에서 아주 오래되고 단순하게 설계된 AK-47 소총이 가장 널리 사용된다는 사실은 의미하는 바가 많다. 세계에서 가장 큰 군사력을 보유한 미국이 무기 개발 시 과거 전통적으로 적용하던 원칙에 3S가 있다. Simple(단순하게), Strong(튼튼하게), Stupid(아무나 쓸 수 있게) 3가지다. 옛 소련이 개발한 AK-47 소총 설계에 3S 원칙이 가장 충실하게 반영된 것이 아이러니 같지만, 전 세계적인 인기의 비결이 아닌가 여겨진다.

인류는 오랫동안 농경과 목축을 기반으로 살아왔다. 농사와 목축에는 태양과 기후의 영향이 커 태양의 움직임과 계절에 맞추어 생활해야 하므로 삶의 속도가 일정했다. 그러나 산업화 시대로 진입하고 대량 생산, 유통, 금융, 무역 등의 비중이 커짐으로 인하여 삶의 속도가 증가하였으며 서로의 삶도 복잡하게 얽히게 되었다. 최근에는 정보 통신 기술까지 접목되어 스마트 폰 사용이 필수적으로 됨에 따라 우리는 스마트 폰을 한순간도 떼어 놓지 못하는, 스마트 폰을 신체의 일부로 여기는 인류, 포노 사피엔스Phono Sapiens가 되었다고 한다.

과학이 발달하고 문명의 이기로 인하여 생활이 편리하게 되면 삶과 마음이 더 편해져야 하는데, 반대로 흘러간다. 조선 시대 서울에서 부산으로 업무상 출장을 가면 29박 30일이 소요되었는데, 지금은 0박 1일로 해결이 되니 남은 29일은 쉬고 놀아도 문제가 없어야 하는데 그렇지 않다. 여유는커녕 우리는 더 바빠졌고, 삶은 더 각박해지고 우울증과 관련된 제반 사회 문제도 증가하고 있다. 이러한 상황에 대처하기 위하여 느림의 삶을 추구하는 농경시대로 돌아가자는 '슬로우 시티Slow City' 운동이 세계 도처에서 전개되고 있다. 우리의 삶도 무기 개발 원칙처럼 단순하고 수수하게Simple, 건강하게Strong, 바보스럽고 친화력 있게Stupid 살 수 없을까?

집이든 사무실이든 이사를 하다가 보면 평소에 안 쓰는 물건이 많이 발견된다. 어떤 것들은 지난번 이사 때 포장되어 있었는데, 몇 년이 지나서 보니 아직도 포장이 안 뜯어진 상태다. 결국 평소에 필요 없는 물건이라는 뜻이다. 다 버려도 무방할 것 같다. 어차피 죽어서 가지고 갈 물건도 아닌데, 많이 버리다 보면 생각도 욕심도 따라 줄어들고 여러 가지 주변 문제들도 단순화되지 않을까?

연구소에서 생활하던 시절, 새로운 자료가 들어오면 가치 없는 것은 바로 버려 버리고, 꼭 보관해야 할 자료가 있으면 그 양만큼 기존에 가지고 있던 자료를 버려서 전체 짐 크기는 오랫동안 같은 양으로 유지했다. 컴퓨터 파일도 계열화시켜 정리하고, 다시 안 볼 것 같은 파일은 바로 지워 버리고, 컴퓨터 내 휴지통 비우기도 자주 실행하였으며 지금도 그렇게 하고 있다. 이렇게 하다가 보면 가끔 실수도 한다. 필요한 자료인데 버리거나 무심코 지워버려 후회할 때도 생긴다. 그래서 대부분의 자료를 습관적으로 버리지 않고 사무실 가득 쌓아두는 주변 사람을 찾아가 부탁하고 복사를 하여 버린 자료를 다시 구한 적이 몇 번 있었다.

집에서 짐 정리를 하거나 이사 준비를 할 때, 가족이 멀리서 뭔가를 들고 묻는다. "이것 어떡할까요?" 그러면 쳐다보지도 않고 바로 튀어나오는 답은 "버리세요."이다. 버릴까 말까 고민되거나 망설여지면 버리는 것이 맞는 것 같다.

가끔 이런 말을 듣고 있던 자녀들이 궁금해서 묻는다.

"아들딸도 마음에 안 들면 버릴 건가요?"

그런 상황이 생기면 고민은 해 봐야지. 직장을 정년퇴직하고 나올 때, 전공 서적, 기술 자료, 기념품들을 대부분 다니던 직장에 기증하고 왔다. 지금도 시간이 나면 뭘 버릴까 주변을 둘러보기도 한다. 누군가 옷이나 구두를 몇백 벌, 몇백 켤레씩 가지고 있다는 얘기를 들으면 이해하기 어렵다. 음식물인 경우는 판단이 조금 난해하다. 어떤 경우 먹기는 싫은데 버리기는 아깝기도 하고, 멀쩡한 것을 그냥 버리면 양심상 가책이 되기도 한다. 이러지도 못하고 저러지도 못하는 사이 시간이 지나다 보면 그 음식물은 상해서 버릴 수밖에 없는 상황이 된다. 안 먹으려면 차라리 상하기 전에 과감히 버리는 것이 바람직하지 않나?

일본의 지배를 받았고 6·25 전쟁을 겪었으며 1960년대까지 모든 물자가 귀했던 시절을 살아온 나이 드신 일부 어르신들은 작은 것 하나도 버리지 못한다. 어떤 분들은 집 안 구석구석에 남이 보면 쓰레기처럼 보이는 물건들을 쌓아 놓고 살기도 한다. 지금도 살림하는 주부 중 일부는 창고나 냉장고에 뭔가 가득 들어 있어야 마음이 푸근한 사람들이 많다. 요즈음 우리나라는 대형 마트나 시장이나 어디를 가도 생필품 정도는 언제라도 살 수 있는 수준이 되어 코로나19가 많이 퍼져 나갈 때에도 사재기는 거의 발생하지 않았다. 많이 가지면 편할 것 같지만, 무엇이든 너무 많이 가지고 있으면 스스로 주변을 복잡하게 만들고, 걱정거리도 많이 생긴다. 많이 가질 필요가 없다. 물건도 버리고 생각도 버리면 주변의 모든 문제가 단순화되고, 해결되고 머리가 맑아질 것이다. 욕심을 조금만 줄이면, 기대치를 조금만 낮추면, 삶이 단순해져 편해지고 더 건강해지지 않을까?

즐겁게 살기

피할 수 없으면 즐기라는 얘기가 있다. 안 좋은 상황을 만났을 때 힘들어하거나 괴로워하지 말고 그 상황을 즐기라는 의미다. 말의 뜻을 알겠는데 실제로 힘든 상황을 만난 당사자가 그렇게 할 수 있을까? 쉽게 이해가 가지 않는다.

현대 사회를 살아가는 사람들은 인간관계나 경제 문제, 건강 문제, 직장 문제 등 다양한 사유로 힘들어하는 경우가 많고, 우울증을 가진 사람들도 많다. 남이 보면 화려하고 경제적으로 여유가 있어 보이는 생활을 할 것 같은 사람도 가끔 극단적 선택을 하는 경우가 있다. 남은 잘 모르고, 남에게 말하기도 어려우며, 혼자서 감내하기 힘든 내면의 큰 어려움이 있는 모양이다. 이런 상황에 처한 사람들에게 그 상황을 즐기라고 한다면 과연 몇 명이나 마음을 바꿀 수 있을까?

인간은 태어난 이상 누구나 즐겁게 살 권리가 있다. 그렇지만 이 세상은 누구도 평생 즐겁게만 살도록 내버려 두지 않는다. 즐거움은 또한 공짜로 주어지지 않는다. 힘든 상황이나 괴로운 상황을 겪고 나면 즐거움이 찾아오기도 하지만 이 또한 절대로 오래 지속되지는 않는다. 일반인들이 계속 즐겁게 사는 것은 불가능에 가깝기 때문에 즐거움을 추구하기보다는 차라리 괴로움을 줄이는 것이 조금 쉽다고 한다. 그렇지만 힘든 상황이나 우울증 수준에 놓여 있는 사람들한테 괴로움을 줄이라고 하면 어떻게 줄일 수 있는지 도무지 상상이 안 될 것이다.

무거운 짐을 그만 내려놓으라는 말도 있다. 즉 욕심을 버리고 조금 포기도 하라는 의미로 해석이 되는데, 가능할 것 같기도 하지만 누구에게는 무척이나 어려울 수도 있다. 동물 실험에서 언급되는 얘기로, 플라스틱 상자 속의 맛있는 먹이를 한 손으로 꽉 움켜쥔 원숭이는 먹이를 놓으면 손이 상자 구멍을 빠져나와 도망갈 수 있지만, 먹이를 움켜쥔 상태로는 손을 뺄 수가 없어 사로잡히게 된다는 얘기가 있다. 동물에게나 인간에게도 눈앞에 빤히 보이는 이익을 포기한다는 것은 어려운 명제다.

상대가 있는 게임이나 노름판에서 불리할 때 판을 엎어 버리라는 말이 있다. 상대가 예측하지 못한, 약간은 무리한 방법으로 불리한 상황을 바꾸어 보자는 의미다. 바둑에서 중반전쯤 형세를 판단한 결과, 불리하다고 생각되면 승부수를 띄워 국면 전환을 시도하는 것과 유사한 의미다.

우리가 살아가는 동안에 만나는 어려운 상황에서 국면을 전환시켜 괴로움을 줄이는 방법이 무엇일까? 쉬운 길은 없지만, 현 상황과 별로 관련이 없는 다른 데에 관심을 기울이는 것이 하나의 대안이 되지 않을까?

TV에서 방송되는 인기 프로그램 중에 '나는 자연인이다'라는 프로

가 있다. 즐겨 보지는 않지만, 가끔 내용을 보면 건강이 나빠졌거나 가족관계가 허물어졌거나 사업에 실패했던 사람들이 산에 들어와 속세와 인연을 줄이고 자연과 더불어 살면서 몸과 마음을 치유해가는 내용이다. 어려운 현실에서 괴로움을 줄이는 방법으로 현재의 상황에서 벗어나 국면을 전환하여 식물이나 동물, 또는 자연 자체에 집중함으로써 마음의 평온을 얻을 수 있다는 것이다. 자연에서 소규모 농사일을 하는 삶을 사는 사람 중에는 우울증이 적은 것 같다. 자연에 순응하는 방법이 몸에 밴 듯하다. 즐거움을 추구하기보다 괴로움을 덜 받기 위하여 환경이 다른 어딘가에 몰두하는 방법 중에는 여러 가지가 있는데, 큰 농사일이 감당하기 어려운 상황이라면 조그만 텃밭 가꾸기, 화초 가꾸기, 열대어 등의 동물 기르기, 또는 달리기, 등산 등 운동은 어떨까? 땀 흘리면서 평소보다 힘든 운동을 열심히 하고 나서 시원한 물에 샤워를 하면 기분이 많이 나아지지 않을까?

미국에서 공부하던 1984년 무렵, 해양학을 강의하던 H 교수 연구실에서 일하던 때이다. 비 오는 어느 날, 기차로 통근하는 H 교수가 연구실에 들어오는데, 한쪽 발에는 구두를 신었고, 한쪽 발에는 목 짧은 장화를 신고 왔다. 집에서 걸어 나와 기차를 타고 학교 근처 기차역에서 내려 연구실까지 짝짝이 신발로 걸어온 것이다. 너무 궁금하여 이유를 직접 물어보았더니, 집에서 출근 준비하는데 비가 와서 장화를 찾았으나 한쪽밖에 없어서 어쩔 수 없이 다른 한쪽에는 구두를 신고 왔다고 너무도 태연하게 답을 하였다. 더 이상 무슨 설명이 필요할까? 많은 연구 프로젝트 수행과 강의에 집중하고 살면서 옷차림에도 별 신경을 안 쓰는 H 교수에게 짝짝이 신발은 괴로움이나 스트레스 대상이 아니고 남의 시선도 자신의 관심 대상에서 벗어나 있었다.

H 그룹을 일으킨 J 회장은 같은 구두를 10년 동안 신었는데, H 중공업에 가면 그 구두가 기념품으로 전시되어 있었다. 대기업 회장이 구두 살 돈이 없어서 같은 구두를 10년 동안 신었다고 생각하는 사람은 아무도 없을 것이다. 많은 시간을 보내던 건설 현장이나 공사 현장을 다닐 때 아마도 군화 비슷한 안전화를 신었기 때문에 하루 중 구두를 신을 일은 별로 없을 것이지만 10년 동안 같은 구두를 신었다는 뜻은 구두나 외모는 관심 대상이 아니었고, 사업에 대부분의 관심을 집중하고 있었다는 뜻이다. H 교수나 J 회장처럼 일상생활에서 주변 사람의 눈이나 의식주를 크게 의식하지 않고 살면서 가치 있는 뭔가 다른 곳에 관심을 집중하고 생활하는 사람들은 주 관심사에 남모르는 어려움은 있겠지만, 일상적인 괴로움으로 잠을 못 이루는 날은 거의 없을 것으로 보인다.

미국 유학 시절, 초기에는 장학금이 없어서 방학 때마다 한국 사람이 경영하던 자전거 가게에서 파트타임으로 일한 적이 있었다. 부품으로 분해되어 포장된 상태로 들어온 새 자전거 조립, 자전거 수리, 부품이나 자전거 판매 등이 주 업무였다. 다양한 고객이 있었지만, 상대적인 저소득층의 중남미 출신 부모를 두고 영어와 스페인어를 동시에 구사하는 초등학생들이 자전거를 수리하거나 간단한 부품을 사러 자주 찾아왔다. 동양인은 모두 쿵푸나 태권도를 잘하는 사람으로 아는 초등학생들한테, 쿵푸나 태권도를 배운 적은 없지만 축구나 족구하던 실력으로 발 한번 크게 높이 휘두르면 태권도 시범이 되고, 그렇게 대화를 나누다 보니 대부분 얼굴을 알게 되어 친하게 되었다. 간단한 수리를 하고 나서 수리비 2~3달러를 예상하고 온 초등학생이 수리비를 물으면 100달러라고 대답했다. 난감한 표정을 짓던 초등학생이 잠시 후 얼굴을 펴고 고맙다는 인사를 두 번이나 하면서 자전거를 타고 신 나게 달려가는 모습이 보기 좋았다.

친구들 사이에 소문이 났는지 간단한 수리를 자주 하며 더 친하게 된 어느 날, 초등학생들이 여러 명 몰려와서 얘기하다가 이름을 물었다. 자전거 가게 주인의 성이 이 씨라 Little Mr. Lee로 불렸는데, 이제는 친해졌으니 성이 아닌 이름을 꼭 가르쳐 달라고 했다.

"그래? 아부지다."

"아부지?"

스펠링을 물어 'Abuji'를 또박또박 가르쳐 주었더니 집에서 스페인어를 사용해서 그런지 모두들 아부지 발음을 경상도 사람들만큼이나 잘했으며, 이름을 알았다고 기쁜 얼굴로 나갔다. 그 후로는 초등학생들 여러 명이 자전거 가게 앞을 지나갈 때마다 큰 소리로 인사를 하면서 지나갔다.

"아부지~~!"

노동과 운동

대형 마트에 장 보러 갈 때마다 경험하는 것이 있다. 출입구에서 조금 먼 곳에 주차 공간이 있는데도 가까운 곳에 주차하려고 사동을 켠 채 대기하는 차가 꼭 있다. 쇼핑 중에는 출입구 근처 장애우 자리에 불법 주차한 차를 이동해 달라는 방송이 종종 나온다. 조금 멀더라도 편하게 주차해 놓고, 쇼핑 후에 짐을 들고 잠시 걷거나 카트를 밀고 조금만 더 걸으면 되는데, 그게 싫어서 꼭 입구 근처에 주차하려는 것 같다. 짐을 들고 이동하는 것도 운동이거늘, 그것은 싫고 별도로 시간 내어 헬스장이나 피트니스 센터에 가서 하는 것만이 운동이라는 심리가 잘 이해되지 않는다.

우리 주변의 현대인들은 대체로 음식을 통하여 얻는 영양이 일상적으로 소비되는 칼로리보다 많기 때문에 건강을 유지하기 위하여 적절한 운동을 해야 한다. 또한 나이가 들면 젊은 시절에 가지고 있던 근육의 양이 1년에 약 1%씩 자연스럽게 감소하기 때문에, 근육을 새로 만들어 가는 것은 다소 무리겠지만, 기존 근력을 유지하기 위해서라도 필요한 운동을 해야 한다. 그런데 운동을 해야 한다는 생각은 다들 하지만, 어디서 어떻게 해야 할지 몰라 망설이기도 하고, 일상에서 하는 청소, 장보기, 짐 옮기기, 정류장까지 걷기 등은 운동으로 생각하지 않는 것 같다.

운동과 노동은 약간 다르다. 운동은 하고 싶을 때 할 수 있으므로 자율성이 강하고 주로 근육을 사용한다고 하는데, 노동은 필요한 것을 얻기 위하여 하는 활동으로 다소 반복적이며 관절을 많이 사용한다고 한다. 요즈음은 운동하겠다고 마음만 먹으면 언제라도 할 수 있다. 멀지 않는 곳에 헬스장이나 피트니스 센터가 있고, 암벽 등반도 할 수 있고, 근육이 제법 단련된 사람들이 다니는 크로스 핏 체육관도 있다. 꼭 전문적인 체육관에 안 가더라도 생활 주변이나 체육공원에 운동 기구가 널려있고, 아파트 단지 내, 도시 소공원, 등산로 초입, 강변 산책길 등에도 간단한 운동 기구들이 비치되어 있다. 아령이나 스트레칭 기구, 스프링 기구들을 저렴하게 구입하여 집에서 편한 시간에 할 수도 있다. 생각을 조금만 바꾸면 주변의 모든 물체가 운동 기구가 된다.

집 마루는 그대로도 가능하고 매트를 깔고 누워서 맨손으로, 또는 아령으로 다양한 운동을 할 수 있고, 소파나 의자는 팔 굽혀 펴기 운동에 활용할 수 있다. TV를 보거나 음악 들을 때 앉은 자세로도 다양한 운동을 할 수 있다. 아침에 잠에서 깨면 침대에서도 스트레칭한 후 배를 바닥에 붙이고 무리하지 않게 허리 근육 강화 운동을 할 수도 있다.

요즈음은 도시 주변 어디를 가든지 자전거 도로가 잘 정비되어 있어 주말에는 가끔 자전거 접촉 사고가 발생할 정도로 자전거 타기를 즐기는 사람이 많다. 최근에 약간 고속으로 스쳐 가는 전동 휠이나 전동 킥보드가 신경 쓰이기는 하지만 자전거를 타면 관련 근육과 심폐 기능 강화 이외에도 좌우 균형 감각 유지에 도움이 된다. 편한 자세로 적당한 자전거를 타고 알맞은 속도로 강변길을 달리면 신체적으로도 운동이 될 뿐만 아니라 머릿속의 생각들이 많이 정리되고 고민거리나 향후 계획에 대한 좋은 아이디어가 떠오르기도 한다. 그럴 때면 주변에 자전거를 세우고 휴대폰을 꺼내어 떠오른 아이디어를 메모하여 저장해 놓고 또 달린다.

이사를 가면 몇 달간은 시간 날 때마다 습관적으로 주변을 여기저기 안 가본 데가 없을 정도로 자전거를 타고 다니면서 주변 지리나 지형을 파악한다. 자전거로 다소 먼 거리를 갈 때 조금 조심해야 할 것이 있다. 아무래도 마라톤보다는 편하기 때문에 너무 신 나게 타고 가다가 조금 힘들어 돌아가려고 하면 체력은 고갈되었는데 돌아갈 길은 너무 멀 때가 있으니 유의해야 한다.

조깅 등 뛰는 것도 좋은 운동이지만 나이 든 분들 중 많은 수는 관절 때문에 뛰는 것은 적절하지 못할 것이다. 누구나 할 수 있는 걷기를 추천한다. 스마트 폰에 만보계 어플리케이션을 다운받아 매일 체크하는 사람들도 많다. 넓은 보폭으로 걷는 속도를 평소보다 조금만 높이면 걷기도 만만한 운동이 아니라는 사실을 금방 발견할 수 있다.

노동처럼 생각되는 상황을 운동으로 한번 바꾸어 보자. 아파트에 산다면 몇 층 정도는 계단을 습관적으로 걸어서 올라가도 좋은 운동이 된다. 지금까지 우연하게도 아파트 3~5층에 살았는데, 아파트 1

층 엘리베이터 앞에서 만나는 유치원 또는 초등학교 저학년에게 사는 층을 물어보고 높은 층에 살지 않을 경우 할아버지랑 같이 걸어서 올라가자고 하면 대부분 동의하고 즐겁게 올라가는 경우를 보았다. 시장에서 장보기를 한다면 물건을 들고 아령으로 운동하듯이 양손으로 번갈아 들고 이동할 수도 있다. 집에서 음식이나 재료 보관 용기에서 공기를 빼내기 위하여 펌프질이 필요할 경우에는 바른 자세로 서서 오른손 왼손 번갈아 사용하면서 일정한 리듬으로 스프링 기구 운동하는 것처럼 할 수도 있다.

일을 하더라도 운동을 한다고 생각하면 힘도 적게 든다. 운동은 불면증 예방에도 도움이 된다고 한다. 하루 중 짧은 시간이라도 야외에서 햇빛을 보면서 운동을 하면 잠을 잘 잘 수가 있다고 하니 밤에 잠이 잘 오지 않는 사람은 한번 시도해 보면 좋은데 자외선이 신경 쓰일지도 모른다. 농촌에서 열심히 농사일 하는 사람들은 비만인 사람이 거의 없고 밤에 잠을 설치는 사람도 적다고 한다. 운동이 아닌 노동을 하더라도 건강 측면에서는 얻는 것이 많다.

가정집이나 체육관에 있는 실내 자전거를 볼 때마다 재미있는 상상을 해본다. 요즈음 야간에 야외에서 자전거를 탈 때 배터리 힘으로 동일한 밝기의 불을 켜고 달리지만, 어릴 때 어두운 밤길을 자전거를 타고 갈 때는 자전거 앞바퀴 지지 프레임에 달린 발전기 축을 기울여 회전하는 머리 부분을 자전거 앞바퀴에 붙이고 발전기를 돌리면서 전기를 직접 생산하여 앞에 달린 제법 큰 둥근 전등에 불을 밝히고 달렸다. 불의 밝기는 달리는 자전거 속도에 비례하기 때문에 계속 변한다. 발전기를 작동시키면 힘이 더 많이 들어 속도를 높일 수도 없지만, 불을 켜지 않으면 길에 놓여 있는 돌이나 움푹 팬 곳을 피하지 못해 사고와 직결될 수도 있었다.

헬스장에 있는 여러 대의 실내 자전거에는 페달 밟는 힘과 바퀴 회전 속도를 고려하여 바퀴에 약간의 브레이크가 걸려 있는데, 브레이크를 풀어 버리고 옛 자전거처럼 발전기를 달면 발전기가 브레이크 역할을 하면서 전기를 생산하기 때문에 운동하는 사람은 특별한 지장을 받지 않을 것이다. 풍력, 수력, 조력 발전이나 태양광 발전처럼, 어차피 소비하는 인력으로 발전을 하여 축전지에 저장을 하거나 직접 사용하면 체육관은 별도의 전기료를 부담 안 해도 될 것 같다. 평소에 운동이라고 열심히 실내 자전거를 탔는데, 갑자기 전력 생산을 겸한다고 하면 노동이라는 생각이 들어 실내 자전거 탈 마음이 없어져 버리려나?

역경지수

인생을 살다 보면 누구나 꽃길만 걸을 수는 없다. 꽃길은커녕 크고 작은 어려움이 수시로 찾아와 인생은 결코 평탄한 길이 아니라는 사실을 깨닫고 그때마다 어려움을 극복하는 지혜를 배우고 내공이 쌓이게 된다.

'역경지수'라는 단어가 있다. 영어로는 'Adversity Quotient', AQ이다. 지능지수를 뜻하는 IQ, 감성지수를 뜻하는 EQ는 많이 알려져 있으나 AQ는 덜 알려져 있는 것 같다. AQ는 역경에 굴하지 않고 끝까지 도전하여 목표를 성취하는 능력을 지수화한 것으로, IQ처럼 한자리에서 문제나 질문서 답변을 통하여 쉽게 AQ를 알아낼 수는 없지만, 같은 직장에서 생활하거나 오랜 기간 자주 만나다 보면 다른 사람들의 상대적인 AQ 지수를 개략적으로 파악할 수 있다. AQ 지수가 낮은 사람은 남 탓부터 하고, AQ 지수가 높은 사람은 어려움에 처하더라도 누군가를 비난하거나 핑계를 대기 전에 멈춰 서서 어려움을 피하지 않고 이겨낼 생각을 먼저 한다고 한다. 역경지수의 높고 낮음이 그 사람의 인생을 좌우한다는 말도 있다.

역경이란 예측 못 한 상태에서 갑자기 나타나기도 하고, 어느 정도 예측 가능하기도 하며, 때로는 고의적으로 난처한 상황을 만들고 대비하는 훈련을 통하여 향후 닥쳐올지 모르는 더 큰 역경에 대비하기도 한다. 좋은 결과에 대한 확신을 가졌던 공학 시스템의 성능 시험이나 과학 실험에서 실패하는 일, 병원에서 암 진단을 받거나 중요한 물건을 분실하는 일, 교통사고, 코로나19 확진, 주변 사람과의 영원한 이별 등은 대체로 예측 못 한 상황이며, 태풍 피해, 사업의 실패 등은 어느 정도는 예상 가능하기도 하다. 히말라야 에베레스트 등산을 갈 경우, 베이스캠프까지는 기본 체력이 있으면 작은 어려움을 극복하면서 대부분의 사람이 갈 수 있겠지만, 베이스캠프 이상의 고도를 오르는 것은 일반인에게 쉬운 일이 아니다. 정상 등정은 다양한 장비를 갖춘 전문 산악인에게도 어려운 일이다. 정상 등정 과정에서 겪는 기상 이변, 눈사태 등은 예측이 어렵지만, 추위, 산소 부족, 수면의 질 저하, 체력 저하, 통신 불량 등은 모두 예측 가능한 역경에 해당한다. 그러니까 역경이란 예측이 가능할 수도 있지만 알고 있다 하더라도 누구나 극복할 수 있는 것은 아니다. 그렇다고 에베레스트 정상 등정보다 더 가혹한 조건에서 훈련할 수는 없다.

전쟁이란 국가적 혼란이자 큰 역경이며 군은 전쟁이라는 역경을 극복하고 이겨내기 위하여 평소에 대비하고 훈련한다. 미군의 SEAL 같은 특수 부대는 대원 선발 시 다양한 극한 상황을 만들어 놓고 개인적으로, 또는 팀 단위로 극복해내는 소수의 인원만 선발한 후, 사격술, 호신술뿐만 아니라 수중, 공중, 산악 침투 상황, 포로로 잡혔을 경우 등 극단적 상황에 대비한다. 훈련을 통하여 예상치 못한 역경을 버티고 생존하여 목적을 달성하는 능력을 배양한다. 최종 관문을 통과한 SEAL 대원들은 아마도 역경지수가 아주 높을 것이다.

일반인이 세상을 살아가는 중에도 역경을 견디는 능력이 필요하다. 직장생활을 하면서 후배들 교육할 기회가 있을 때마다 역경지수에 대하여 설명을 했는데, 가슴속으로 이해하는지 확신이 서지 않았다. 역경은 무조건 피하고 싶겠지만, 사실 어떤 면에서는 우리에게 필요한 존재다. 어릴 때 고생은 사서라도 한다는 얘기가 있지 않은가? 강풍이나 태풍, 토네이도의 바람은 너무 강하기 때문에 인간에게 피해를 주지만, 그 외 바람은 풍력 발전, 범선이나 해양 스포츠뿐만 아니라 일상생활에서도 필요한 존재다. 집중 호우나 장맛비는 종종 피해를 주지만 비가 전혀 내리지 않으면 그 지역은 사람이 살 수 없는 사막으로 변한다. 결국 우리에게 꼭 필요한 비와 바람이 항상 적당하게만 올 수 없으니 가끔 강하게 오는 것은 견딜 수밖에 없다.

비만인 사람이 체중을 줄이겠다고 운동을 시작하는데, 입맛이 더 좋아져 더 먹게 되면 체중 관리에 실패한다. 체중을 줄이지 못하는 주원인은 운동할 때 땀나고 호흡이 가빠지며 힘든 순간이 찾아올 때 그 역경을 견디고 극복해 나가야 하는데, 조금만 힘들어지면 운동을 충분히 했다고 생각하고 적당한 선에서 만족하기 때문이라고 한다. 우리 몸의 근육은 매일 운동만 열심히 한다고 그냥 생기지 않는다. 쉽게 간단히 설명하기는 어렵지만, 기존 근육에 약간의 무리를 가하여 적당한 양의 손상을 주어야 더 강한 근육으로 발달한다고 한다. 즉 매일 동일한 강도의 운동이 아니라 1주일에 3~4일, 그러니까 조금 불규칙적인 운동을 해야 근육이 생성된다는 뜻이다.

역경이 기회가 되기도 한다. 1990년대 말 IMF 사태나 최근의 코로나19를 보면 이런 상황이 대부분의 사람에게 큰 시련이고 역경이었지만, 주변의 어려움이 기회가 되어 사업이 크게 번창한 사람들도 있다.

문명이 발전하면서 모든 생활이 편리해졌다. 자동차, 지하철, 기차가 있어 먼 길을 걸어갈 필요가 없고, 높은 건물에서나 지하철 탈 때 엘리베이터나 에스컬레이터가 있어 계단을 걸을 필요가 없다. 추우면 난방과 온수, 조금만 더우면 에어컨 작동, 살기는 아주 좋아졌는데 안락함과 편리함에 익숙해지다 보니 힘든 역경을 이겨내는 능력은 감소한 것이 아닌가 하는 생각이 든다.

많은 사람이 말하기를 자신이 오래 해온 일을 자식에게는 절대로 안 시킬 것이라고 한다. 남들은 편하고 자신의 일만 힘든 줄 아는 모양이다. 우리의 2세 또는 3세들은 태어날 때부터 흙, 돌멩이, 풀, 나무를 많이 만져 보지 못하고, 도시에서, 평지에서, 깨끗한 환경에서, 과거보다 나은 복지 수준에서 자라 평균 신장은 커지고 수영, 농구, 배구, 골프 실력은 확실히 늘었다. 그러나 개인적인 욕심은 많아지고, 정신적으로 허약한 사람이 많아져 역경을 이겨내는 힘은 약해져 가고 있는 것이 아닌가 하는 생각이 든다. 걸어서 올라갈 수밖에 없는 높은 산을 힘들어도 참고 역경을 이겨가며 정상까지 올라 멀리 보이는 산하를 둘러보면, 과정에서의 어려움은 사라지고 기분이 상쾌

해지며 많은 번뇌에서 해방된 자신을 발견할 수 있다. 역경은 사람을 단단하게 만든다. 작은 아픔이나 어려움을 잘 참고 견디는 역경지수가 높은 사람은 리더십이 있고, 역경지수가 낮은 사람은 리더십이 부족하다고 한다. 난관에 봉착했을 때, 조직의 장이 초조해하거나 불안감을 보이면 구성원들은 갈피를 잡지 못한다. 항해를 하다가 폭풍우를 만나더라도 선장은 꿋꿋하게 배를 지키고 선원들을 지휘하여야 하듯이 어떤 조직에서도 그 조직의 장은 역경에 흔들리지 않는 모습을 보여 주어야 한다.

공업계 고등학교 3학년 실습생이 회사에서 기계 가공 실습 중에 사고를 당한 적이 있었다. 사고가 일어나서는 안 되겠지만, 제도를 정비하고 주의를 기울여도 사고를 완벽하게 막을 수는 없다. 그런데 사고 이후 전국적으로 공업계 고교 3학년 현장 실습 제도 자체를 없애 버렸다. 그로 인하여 조기 취업은 물론 정식 취업도 어려워졌고, 회사 입장에서도 신입 사원을 일정 기간 별도로 교육시켜야 하는 부담도 생겼다.

역경을 만나면 먼 미래를 보고 극복할 생각을 먼저 하지 않고 다른 손해가 있는지 없는지도 모르면서 책임을 회피할 궁리만 하거나 손쉬운 해결책만 찾는 것 같다.

아파트 입구 주변에 있는 은행나무를 뿌리째 제거하고 있어 배경을 알아봤더니 주변 입주자들의 민원 때문이란다. 연중 11개월 동안 우리에게 좋은 환경을 제공하여도 열매가 떨어져 풍기는 기분 나쁜 냄

새가 1개월 지속되니 30년 키운 은행나무도 하루아침에 제거된다. 요즈음 우리나라 국민들의 전반적인 역경지수는 높아지고 있는가, 아니면 낮아지고 있는가?

일상에 대한 생각

성공의 조건

대학을 졸업하자마자 1977년 3월에 신입 소원으로 들어간 국방과학연구소에서 처음 맡은 일은 미국제 어뢰를 모방 생산하는 일이었다. 수상함정이나 헬기, 항공기에서 발사하는 MK-44 경어뢰 실물과 도면을 미국으로부터 제공받아 국내에서 똑같이 만들어내기만 하면 되는 일이었고, 어뢰의 후미부 중 수밀장치를 포함한 축과 추진기, 그리고 중간 몸통인 FRP(유리섬유 강화 플라스틱) 쉘(원통)을 담당하였다. 대학 시절 전공이나 배운 내용과는 다른 업무라서 기계공학과의 주 교재인 기계설계학, 기계공작법 등 관련 교재를 구입하여 공부하면서 많은 시간을 산업체 현장에서 기능직 사원들과 같이 보냈다. 지금은 없어졌거나 이름이 바뀐 당시의 대기업이나 중견기업에서 미군의 실물을 참고해가며 있는 도면 그대로 만드는 작업이 어렵지 않을 것이라고 생각했는데, 진행할수록 딜레마에 빠지기 시작하였다.

일반적인 재료 선정이나 평범한 기계 가공은 문제가 없었는데, 추진기 곡면의 정밀 가공, FRP의 유리섬유 비율과 쉘의 진원도, 총열처럼 내부가 비어 있고, 가늘고 기다란 중공축中空軸의 내면 가공과 특수 피막 처리, 누수를 방지하는 고무 오링 제작 등의 작업은 초기 약

2년 동안 실패에 실패를 거듭하였다. 겉으로는 미국제와 똑같아 보여도 물탱크에 넣어 누수 시험을 하면 미국산 제품은 괜찮은데 우리가 만든 어뢰 후미부의 누수는 막을 수가 없었다. 당시 D 중공업에서는 대공포인 발칸포 대량 생산 공정이 흘러가고 있는 중이라 기계가 쉬는 야간에 추진기 정밀 가공 공정을 끼워 넣고, 대중교통이 사라지는 심야까지 작업을 하였지만, 도면에 표시되어 있는 치수 정밀도를 만족시킬 수 없었다. 연구와 고민을 거듭하고, 국방부 허가를 받아 M-16 자동소총을 면허 생산하던 부산 인근 기장군 철마면에 있던 육군 조병창 등 최신 장비를 보유한 전국 여러 곳을 뛰어다녀 일부는 해결했지만, 4년이 지나도록 모방 생산을 100% 성공하지는 못하였다.

어뢰 전체를 보면 전자 제어 분야 등은 국산화에 성공하였는데, 소재, 금속, 기계 가공 등에서는 실패가 많았다. 어뢰 사업 책임자였던 당시 해군 중령 K 박사께서 실패할 것을 알고 시켰는지, 모르고 시켰는지는 알 수가 없다. 그 시절 소형 잠수함 개발에도 동시에 참여하다가 잠수함이 완성될 무렵 연구소를 퇴직하고 미국 유학을 떠났는데, 6년여 연구소 근무 기간 중 연구원으로서 담당했던 업무의 약 1/4 정도는 실패한 것으로 생각된다.

당시 국내 기간산업의 기술력이나 보유 장비, 계측 장비 수준에서 수요가 적고 정밀도는 높고 높은 수압을 받는 어뢰의 기계 부품 제작은 실패할 수밖에 없다는 사실을 몇 년이 지나고 나서야 깨달았다. 미국에서 공부를 마치고 유치 과학자 신분으로 국방과학연구소에 재입소하여 잠수함, 어뢰, 해양 기술 분야 및 해상 시험 분야를 담당했는데, 중어뢰와 경어뢰 국내 개발에도 참여하였다. 전지, 전동기, 축과 추진기, 수밀장치 등 어뢰 추진부의 국내 최초 개발에 다소 무모하게 도전하여 부서원들과 많은 어려움은 겪었지만, 전체 개발을 성공시킨 배경에는 여러 전문 분야 담당자들의 노력과 고생이 가장 크게 작용하였겠지만, 과거 미국 어뢰 모방 생산 과정에서 겪었던 많은 실패 경험도 크게 작용하였다. 수년이 지나 국방 TV에서 방영된 '첨단 국가의 초석 방위산업' 편, 어뢰 개발 사례 방송에 같이 출연했던 주변의 동료들도 초기 미국 어뢰 모방 개발 시 겪은 실패 사례의 경험들이 이후 국산 어뢰 개발을 성공시킨 주요한 요인이었다고 회상하였다.

우리는 실패는 성공의 어머니라고 얘기한다. 초등학교 시절부터 많이 듣던 얘기여서 그런가 보다 했는데, 어뢰 개발에 참여하여 실패와 성공을 경험한 후에야 진정한 의미를 느낄 수 있었다. 작은 시스템일지라도 국내 최초로 개발을 시도할 경우 성능이 잘 나올 것이라는 확신 속에서 실시하는 최초의 시험에서 바로 만족스러운 결과를 보이는 경우를 거의 보지 못했다. 무엇이든 국내 최초로 연구 개발을 하다 보면 초기 실패는 따라다닌다.

과거에 국외 무기 도입이나 국내 개발 무기에 탑재할 해외 장비 도입 시, 고위층이 연관된 금품 거래가 가끔 있었다. 소위 말하는 방산 비리다. 그런데 무기 국내 연구 개발 관련된 비리는 찾아보기 극히 어렵다. 무기 국내 연구 개발 분야 종사자들은 지금도 국내의 다른 어느 분야보다도 상대적으로 깨끗하다는 자부심 속에 살고 있다. 그럼에도 불구하고 지금은 개발 초기 시험에서 불합격하면 종종 감사 기관이 달려들어 방산 비리나 직무 유기 가능성을 감사하고, 가끔 수사에 휘말리기도 한다고 한다. 이런 현실에서 연구원들이 실패의 가능성이 높은 첨단 기술이나 첨단 무기 개발에는 도전하지 않고, 안정적인 일반 무기 연구 개발에만 안주하고 있다고 지적하는 것은 앞뒤가 맞지 않는 것으로 보인다.

　정년퇴직 후 여유 시간을 이용하여 그동안 만나보지 못했던 지인들을 몇 분 만나 인생 역정을 들을 기회를 만들었다. 사업체를 운영하면서 안정적인 작은 성공을 이룬 선후배들과 대화하면서 느낀 공통점은 모두 한때 큰 고생을 했다는 사실이었다. IMF 구제 금융 시절 회사가 망해서, 또는 불황으로 인원 감축을 당해서 어쩔 수 없이 작은 창업을 했는데, 몇 년 동안 가족 얼굴을 못 보고 현장에 침대를 놓고 살았다거나, 혹은 갑자기 해외 지사로 발령 나 그 나라 말은 한마디도 못하는데 영업을 맡게 되었고, 그 스트레스를 이겨내고 큰 성과를 이루어 내었다거나 하는 인간 승리의 주역들이 있었다. 가끔 보는 TV 프로그램에 서민 갑부나 어떤 분야에서 일가견을 이룬 명장들을 보면 평범한 사람과는 모두 차별화된다. 성실, 노력, 친절, 정직 등은 기본이고, 지금처럼 경쟁이 치열한 시대에는 기본에 더하여 남다름, 창의성, 혼이 어느 정도 경지에 이른 것 같다.

이 세상에 공짜는 없다는 말이 있다. 이 말이 생긴 배경에는, 고대 중국에서 왕이 백성을 계몽하기 위한 것들을 신하들에게 만들어 보라고 했다는 설도 있고, 왕이 어리석은 아들을 교육하기 위하여 신하들에게 지침을 만들라고 했다는 얘기도 있으며, 기원전 4세기경 바빌로니아를 정복한 알렉산드로스 대왕이 고대 함무라비 왕이 편찬한 방대한 양의 법전을 발견하고 신하들에게 법전의 내용을 읽고 설명해 달라고 지시했다는 얘기에서 비롯되었다는 설도 있다.

알렉산드로스 대왕의 한 신하가 함무라비 법전의 내용을 다 읽고, A4 용지 10장 정도로 요약하여 폭행, 절도, 결혼, 재판 등의 처리에 대한 내용이라고 보고를 하였더니 바로 그 자리에서 죽임을 당했다고 한다. 전쟁과 통치에 잠잘 시간도 부족한 바쁜 대왕이 언제 10장을 다 읽어 보느냐는 것이다. 다른 신하가 다시 1장으로 요약하여 보고하니 심한 질책과 함께 변방으로 쫓겨났단다. 눈치 빠른 신하가 한 줄로 요약해서 구두로 보고하니 큰 상을 내렸다고 한다.

이 세상에 공짜는 없다. 정말 성공에는 공짜가 없는 것 같다. 실패나 좌절과 같은 큰 역경을 이겨내지 않으면 성공은 스스로 찾아오지 않는 것 같다. 북극이나 남극을 탐험하거나 히말라야 고봉을 걸어서 등정하려면 목숨을 던질 정도의 각오 없이는 불가능할 것이다. 실패나 역경을 두려워하면서 성공이나 대박을 바란다면 반성해야 하는 것 아닌가?

바꾸자, 도전해 보자

우리 몸은 겉에서 보면 좌우가 대칭이다. 심장이나 간, 위는 한 개 뿐이므로 내장 기관은 좌우 대칭이 아닌 것이 많지만 눈, 귀, 팔, 다리 등 외부 기관은 모두 좌우 대칭으로 보인다. 그렇다면 좌우 기관의 크기나 능력이 서로 같은가? 아니다. 비슷하게 보여도 오른쪽 왼쪽의 모양, 크기, 기능이 똑같지 않음을 스스로는 알고 있다. 신체검사를 해보면 좌우 눈의 시력이나 귀의 청력도 다르고 왼손잡이냐 오른손잡이냐에 따라 팔 근육의 크기나 능력이 서로 다르며, 왼발잡이냐 오른발잡이냐에 따라 다리 근육의 크기나 공을 찰 때 공이 날아가는 거리가 다르다. 태어날 때는 좌우가 동일했을 것인데 자라면서 어느 한쪽이 더 익숙하게 되었거나 기성세대인 부모의 행동을 따라 하다가 한쪽이 익숙해졌을 수도 있으며, 타고난 유전 인자일 수도 있다.

전 세계적으로 왼손잡이는 약 10% 정도로 알려져 있는데, 우리나라는 한때 왼손잡이를 싫어하여 오른손잡이를 은근히 강요하던 시절도 있었다. 젓가락질이나 컴퓨터 마우스 작동은 어느 손으로 해도 무방하지만, 우리가 사용하는 물건에 좌우가 미리 정해져 있는 것들이 있다. 자전거 왼쪽 핸들의 브레이크 손잡이는 뒷바퀴를 제어하기 때문에 왼손이 속도 제어를 담당하고, 내리막 경사 길에서 오른쪽 브레이크를 갑자기 잡으면 앞으로 전복될 위험성이 크며, 타고 내릴 때도 자전거의 왼쪽에서 타고 내리게 되어 있다. 왼손이 주 브레이크를 제어한다고 왼손잡이를 배려한 것은 아니다. 가끔 무거운 물건을 들고 자전거를 타야 할 경우에 힘이 조금 더 강한 오른손으로 물건을 들어야 하므로 왼쪽에 브레이크를 배치한 것이다.

군에서 사용하는 소총은 움직이는 노리쇠 부분이나 탄피 나오는 방향 등을 고려해 오른손잡이 기준으로 설계 제작되어 왼손잡이는 사용에 불편을 느끼며, 골프 연습장에서 왼손잡이가 연습할 수 있는 자리는 맨 끝 그물망 근처뿐이다. 남자들이 주로 사용하는 혁대도 매는 방향이 정해져 있다. 왼손잡이가 아닌데도 혁대 매는 방향은 모르는 사이에 왼손잡이처럼 습관이 되었고, 버클에 보이는 군함이나 항공기가 뒤집힌 상태가 되어 주변으로부터 혁대를 왜 거꾸로 매느냐는 지적을 종종 받는다.

수십 년 몸에 밴 좌우 습관을 한번 바꾸어 보자. 우리나라 축구나 야구 선수 중 왼쪽을 주로 사용하는 유명한 선수가 많다. 물론 그 선수들은 왼손, 왼발잡이다. 야구 선수 중 공은 오른손으로 던지고 배트는 왼쪽에서 치는 선수가 있다. 우투좌타라고 부른다. 외국 선수들 중에는 투수에 따라 배트를 양쪽에서 치는 선수가 있다. 이런 선수를 '스위치 히터'라고 부른다. 세계적인 유명 축구 선수 중에는 어린 시절에 평소와 다른 반대쪽 발로 차는 연습을 많이 하여 오른발, 왼발이 거의 차이가 없는 양발잡이가 많다. 운동장이나 호수 공원 둘레 길을 걸으러 가면 걷는 방향이 시계 반대 방향으로 정해져 있다. 코로나19 유행 이후에는 친절하게도 바닥에 화살표까지 그려 방향 표시를 해놓았다. 시계방향으로 돌면서 걸으면 안 되나?

육상 경기에서 운동장 트랙을 반시계방향으로 뛰게 하는 것은 코너를 돌 때 달리는 선수의 대부분을 차지하는 오른발잡이에게 유리하기 때문이다. 악수는 꼭 오른손으로 해야 하나? 한번 바꾸어 보면 어떻게 되나?

식당에서 일하는 조리사 중 오랜 칼질로 인하여 한쪽 손목이나 팔뚝에 통증을 느껴 수시로 물리치료를 받아야 하는 사람이 많다. 그런 사람들은 나중에 나이 들어 그쪽 손으로부터 왜 한쪽만 괴롭혔느냐고 불평을 듣기 전에 반대쪽 손을 사용해 보는 것이 어떨까? 가위질 하던 손도 바꾸어 보자. 오른쪽 왼쪽의 역할을 바꾸면 처음에는 어색하지만 나중에는 어느 정도까지 익숙하게 된다.

평소에 컴퓨터 마우스는 왼손으로 작동하는데 남들은 왼손잡이냐고 묻는다. 습관도 가끔 바꾸어 보자. 무심코 손으로 깍지를 낄 때도, 혼자서 팔짱을 낄 때도 왼쪽과 오른쪽의 상하가 정해져 있을 것인데, 일부러 한 번씩 바꾸어보자. 의자나 소파에 다리를 꼬고 앉을 때도 자세를 평소와 반대로 해보자. 평소에 다니는 익숙한 길도 거리에 큰 차이가 없다면 다른 길을 이용해 보자.

생각도 바꾸어 보자. '절대로 안 돼', '무조건 이게 답이야', '저렇게 하면 틀림없이 망해' 등의 너무 강한 확신을 갖지 말고, 사람과 환경은 항상 변하니 평소에 아는 것이 아닐 수도 있다. 정답은 없으니 남은 다르게 생각할 수 있다고 인정해보자.

역할도 한 번씩 바꾸어 보자. 종업원은 1일 사장 역할을 해보고, 사장은 1일 종업원 역할을 해보자. 연구소 시절, 부서 전체가 취미로 축구를 몇 차례 해보면 축구 실력과는 별개로 부서원들의 성격을 알 수 있다. 이기면 공격수가 빛나고 지면 수비수의 실수가 부각되는 것이 일반적이라 수비수나 골키퍼를 불평 없이 하는 사람은 일도 묵묵히 성실하게 하며, 공격수만 선호하고 골키퍼를 피하는 사람들은 같이 한 일에도 생색내기를 좋아한다. 그래서 종종 부서 내 친선 경기 직전에 전후반 공격수, 수비수를 맞교대한다고 선언하고, 어느 역할일 때 열심히 하는지, 골키퍼 순서가 되었을 때 핑계 없이 역할을 잘하는지 살펴보면 업무 스타일과 금방 접목이 된다. 역할을 바꾸어 보면 시야가 넓어지고 상대의 입장을 이해하는 폭도 커질 것이다.

전공이나 직업도 바꾸어 보자. 옛날에는 한 우물을 파야 성공한다고 했지만 지금은 변화가 빠른 시대이니 물이 나오지 않는 우물을 붙들고 있을 이유가 없다.

각자가 선택한 전공은 본인의 적성이나 특기를 제대로 반영하고 있는가? 고등학교 시절에 받았던 적성 검사는 얼마나 신뢰할 수 있는가? 본인 스스로 이것저것 경험해 본 적도 없는데, 과연 자기의 숨은 재능이나 끼나 장단점을 제대로 알고 있는가? 어쩌다 보니 문과 이과 갈라져 숨어 있는 적성은 모른 채 성적에 따라 대학을 선택하다 보면 뭔가 허전하고, 마음을 잡으려고 군대를 갔다 와 학점을 채우지만 그도 마땅찮다. 그 때문에 어려운 취업 현실 앞에서 졸업을 앞두고는 방황하는 젊은이들이 많다.

처음 취업한 직장에서 평생을 보내는 사람은 과연 몇 %나 될까? 자격증이 필요한 소수 전문직을 제외하고 대학 시절의 전공에 평생 매달려 있는 사람도 그렇게 많지는 않을 것 같다. 요즈음은 의대 출신 기자, 공대 출신 행정 관료, 상대 출신 국방 전문 기자, 운동선수 출신으로 스포츠 분야와 무관한 사업가도 있다. 또한 한 가지 분야가 아닌 융합Fusion 분야도 많이 생긴다. 바이오Bio 산업과 나노 기술의 융합, 인공 지능과 의학의 결합, 항공 공학과 인간 공학, 또는 심리학의 접목 등 한 번에 동시에 전공하지 못하는 분야도 많고, 문과와 이과가 결합된 분야도 있다. 생소하고 융합된 분야일수록 남들이 어려워하니 블루 오션에 가까울 것이다. 작고 쉬운 것부터 한번 도전해 보자. 새로운 도전을 해보면 숨어있던 적성을 발견하여 재미있게 잘 할 수 있는 분야를 찾을 수도 있고, 과거 전공이나 직업의 경험이 완전히 다른 분야에도 쓰임새가 크다는 것을 발견할 수도 있을 것이다. 평균 수명도 길어졌는데, 과욕은 피하되, 뭔가 새로운 일을 하려면, 아니면 나이 들어서 제2의 인생을 살고 싶다면 한 살이라도 더 젊을 때 도전해 보는 것이 좋지 않겠나?

조화와 균형

만약 의학이 무한히 발달한 시대에, 어떤 사람에게 축구 선수 메시의 다리와 발을 복사하여 붙이고, 팔은 권투 선수 무하마드 알리의 것을, 심장과 허파는 심폐 기능이 탁월한 마라토너 황영조의 것을, 머리에는 아인슈타인의 뇌를 복사하여 붙인다면 그 사람은 어떤 사람이 될까? 이것저것 다 잘하는 만능의 재능을 타고난 사람? 아니다. 전체적인 조화나 균형이 맞지 않아 아마도 정상적인 생활을 영위하기 어려울 것이다.

우리의 신체는 우리가 태어나서부터 지금까지 살아온 역사를 간직하고 있다. 부지런함과 게으름, 특정한 버릇, 운동을 얼마나 하고 살았는가, 먹는 습관은 어떠한가, 자외선에는 얼마나 노출되었는가, 어떤 부분을 많이 사용하였는가 등이 모두 신체에 반영되어 있기 때문에 각자 나름대로 조화가 이루어져 있다. 만약 어느 한 신체 부분을 갑자기 제거하거나 강화시키거나 하면 균형이 깨지기 때문에 적응하는 데 많은 시간이 걸릴 것이다. 이러한 조화와 균형은 상황에 따라 천천히 바뀌어 간다.

노화도 하나의 느린 변화다. 나이가 들면 운동량이 줄어들어 근력이 감소하며, 시력과 청력이 조금씩 나빠지고 기억력도 모르는 사이

감퇴한다. 사람에 따라 변하는 속도에 차이는 조금씩 있겠지만 전체가 조화롭게, 자연스럽게 변해간다. 억지로 거부할 수는 없다. 화장을 하거나 염색을 하거나 보청기를 사용하여 약간은 다르게 보일 수 있지만, 근본을 바꿀 수는 없다. 과도한 성형을 했거나 보톡스를 맞아 빵빵한 얼굴은 오히려 부자연스럽게 보인다. 오래되었지만 폐차하기는 아까운데 문짝은 갈아야 하는 자동차에서 문짝 하나만 새것으로 바꾼 것 같은 느낌이 든다.

코로나19 때문에 주춤하기는 하지만, 우리나라는 미세먼지 등 대기 오염에 종종 시달리고 있다. 미세먼지 등 대기 오염의 발생 원인에 대해서는 국내, 국외 요인이 있지만, 자동차 배기가스는 국내 발생 요인 중 하나다. 우리는 전기 자동차나 수소를 연료로 사용하는 연료 전지 자동차를 무공해 클린 자동차로 알고 있고, 정부도 보조금을 지급하면서 취득을 장려하고 있다. 정말 그런가? 전기 자동차와 수소 자동차가 공해 물질을 아주 적게 배출하는 것은 틀림없는데, 나라 전체의 미세먼지를 줄이는 데 얼마나 도움을 주는 것인가? 눈을 크게 뜨고 전체 상황을 균형 있게 한번 살펴보자.

우리는 전기가 없으면 살 수 없는 시대를 살고 있다. 국내에서 전기를 생산하는 발전 용량의 비율은 변화의 폭이 크지만 60~70% 정도가 석탄 또는 천연가스를 사용하는 화력 발전, 25~30% 정도가 원자력 발전이고, 약 5% 정도가 깨끗한 신재생 에너지로 발표되고 있다. 그런데 국내 발생 대기 오염의 큰 요인 중 하나인 석탄을 태워서 물을 끓이고, 발생한 증기로 터빈을 돌려 전기를 생산하는 석탄 화력 발전이 국내 전체 발전 용량의 약 40% 정도를 차지하므로, 우리는 필요한 전기의 반 가까이를 대기 오염 물질을 많이 배출하는 석탄을 태워 생산하는 셈이다. 석탄 화력의 발전 단가가 아직은 상대적으로 싸기 때문이다.

전기 자동차는 운행하지 않을 때 축전지에 전기를 충전했다가 운행할 때는 저장되어 있는 전기 에너지를 사용한다. 수소 자동차에 사용되는 수소는 어디서 나오나? 물을 전기 분해하면 수소가 발생하니까 지구상에 수소는 거의 무한대 수준으로 존재하지만 아직까지는 경제성 문제로 메탄올 등에서 수소를 추출하는데 이 과정을 개질이라고 부른다. 개질 작업에는 열이 필요하므로 다른 형태의 화석 연료를 태우거나 전기를 사용해야 한다. 조금 기술적인 언급이지만, 석탄을 태워 열에너지로 증기를 만들고, 증기 터빈의 기계적 에너지로 발전기를 돌려 전기를 생산하고, 생산된 전기 에너지를 이용하여 전기 자동차에 탑재된 모터를 돌리거나 발전소에서 생산된 전기 에너지를 이용하여 메탄올에서 수소를 얻고, 수소 자동차에 탑재되어 있는 연료 전지에서 수소와 산소를 합쳐서 전기 에너지를 얻어 전기 모터를 구동하여 자동차 바퀴를 회전시킬 경우, 각 단계별로 에너지가 변환될 때 열로 버려지는 손실을 고려하면, 일반 자동차가 화석 연료(휘발유, 경우)를 엔진에 바로 사용하는 것보다 총 에너지 사용량은 오히려 증가할 것이다. 서울의 자동차를 모두 전기 자동차나 수소 자동차로 교체한다고 가정하면, 대기가 통상 서쪽에서 동쪽으로 이동하니 서울이나 경기 동부, 강원도의 공기는 분명히 깨끗해질 수 있으나, 현재의 발전 비율이 유지된다면 화력 발전소를 풀가동해야 하는 충남 서해안과 충청도, 경상북도의 공기는 다소 나빠질 것이다. 또한 전국의 미세먼지 총량은 약간 줄어들 수도 있으나 전국적으로 소모되는 에너지의 전체 양은 많이 증가할 것이다. 물론 석탄 화력의 발전 단가가 상대적으로 싸기 때문에 전체 비용 문제는 세부적인 검토가 필요하다. 따라서 에너지 정책을 수립할 경우에도 눈앞에 보이는 좋은 점만 봐서는 곤란하며, 눈을 크게 뜨고 전체적인 상황과 균형을 반드시 고려해야 한다.

깨끗한 에너지를 얻기 위하여 태양광 패널을 건물 벽이나 옥상에 설치하는 것은 바람직한데, 공기를 정화하는 숲의 나무를 베어내고 그 자리에 설치하는 것은 단기적으로는 병 주고 약 주는 셈이다. 나무나 숲이 우리에게 주는 공기 정화, 홍수 방지, 목재 생산, 자연경관 등 다양한 혜택을 고려하여 장기적으로 진정 이익이 되는지 신중히 검토해야 한다.

우리나라는 태생적인 자연조건 때문에 아무리 노력해도 신재생 에너지 비율이 전체 에너지의 10%에 도달하기가 거의 불가능하다고 발표되고 있다.

킬리만자로산은 아프리카 대륙의 최고봉으로 아프리카 동부 케냐와 탄자니아 사이에 있다. 히말라야 고봉에 비길 정도는 아니지만 정상이 5,895m로 꽤 높은 산이다. 킬리만자로는 '하얗게 빛나다', 또는 '꼭대기가 희다'는 뜻을 가지고 있으므로 킬리만자로산, 알프스의 몽

블랑, 한반도의 백두산은 같은 뜻의 이름을 가진 산이다. 킬리만자로는 고산이지만 정상까지의 등정길이 완만하여 세계 7대륙 최고봉 중에서 가장 오르기 쉽다고 알려져 있다. 정상으로 향하는 길이 여러 개가 있고 정상 근처의 마지막 산장에서 정상까지는 건강한 사람이라면 하루 코스로 왕복할 수 있다. 그러나 백두산보다 2배 이상 높고, 몽블랑보다 훨씬 높은 약 6,000m 가까운 높이를 만만하게 보아서는 안 된다. 나이 든 사람들은 종종 정상에 오르는데, 의외로 체력이 좋은 청년들이 중간에서 고산병을 만나 등정에 실패하는 사례가 많다. 체력을 믿고 걷기 쉬운 완만한 오르막길을 별 탈 없이 계속 올라가다 보면 고도 차이에서 오는 공기와 산소 부족으로 몸이 차근차근 적응하기도 전에 높이를 지나치기 때문이다.

공학적으로 표현하면 정상 등정이라는 목표를 달성하기 위해서 시간과 비용이 요구되는데, 빨리 갔다 오면 시간과 비용이 절약될 것이다. 그렇지만 중간중간 쉬면서 고도에 적응하지 않으면 고산병이 생겨 정상 등정이라는 목표를 달성하지 못한다. 천천히 갔다 오면 목표는 달성하지만 비용과 시간이 너무 많이 소요되어 다른 형태의 실패가 된다. 적절한 시간과 비용으로 목표를 달성하려면 각자의 상태에 적합한 속도에 맞는 균형 잡힌 등정 계획이 필요하다.

우리가 살아가면서 하는 많은 일에는 목표와 시간, 비용에 대한 균형 잡힌 계획이 필요한 것이다. 자신의 능력을 과대평가하면 자신이 생각하는 시간과 비용으로 목표 달성이 안 되기 때문에 좌절하고, 남 탓을 하게 되고, 우울해질 것이다. 미국 국방대학교 사업 관리 최고위 과정에서 담당 교수는 사업 관리 책임자에게 필요한 덕목 중에서 제일 중요한 것이 균형 감각이라고 가르친다.

　우리 정치나 정부의 정책도 균형이 잡혀야 한다. 정부가 사회의 변화나 필요에 따라 어떤 부서를 신설하거니 승격을 시키면 그쪽 인력은 많이 필요하게 되고 증가한다. 그러면 중요성이 상대적으로 줄어든 다른 부서에서 그만큼의 인력을 줄여야 한다. 그렇게 하지 않으면 국민 전체 인구는 감소하는데 정부 공무원은 지속적으로 증가하는 불균형을 맞이하게 될 것이다.

　재벌과 서민은 서로 상반된 관계가 아니다. 그런데 산업 발전과 수출 증대만 집중하면 국가 경제는 성장하지만, 빈부 격차가 커지고 국민 전체 삶의 만족도는 저하될 수 있다. 그러나 부의 재분배나 서민들 삶의 질 향상에만 정책을 집중하면 내수의 비중이 상대적으로 낮고, 수출을 해야 국가의 전체 재화가 증가하는 우리나라의 특성상 산업 발전이 느려지고 국가 경쟁력은 하향할 수도 있다. 정치인 모두는 선거판이나 표를 너무 크게 의식하지 말고 두 눈을 크게 뜨고 나라 전체의 조화로운 발전을 위한 균형 감각을 찾아야 한다. 그렇지만 균형이 반드시 중간을 의미하지는 않는다. 현실과 미래를 대비하는 최선의 길을 찾아가더라도, 너무 한쪽에 치우친 정책은 일시적으로 다수의 지지를 받고 옳게 보일 수 있으나 세월이 지나면 또 다른 문제점을 가져올 수 있다는 생각도 해야 하지 않을까?

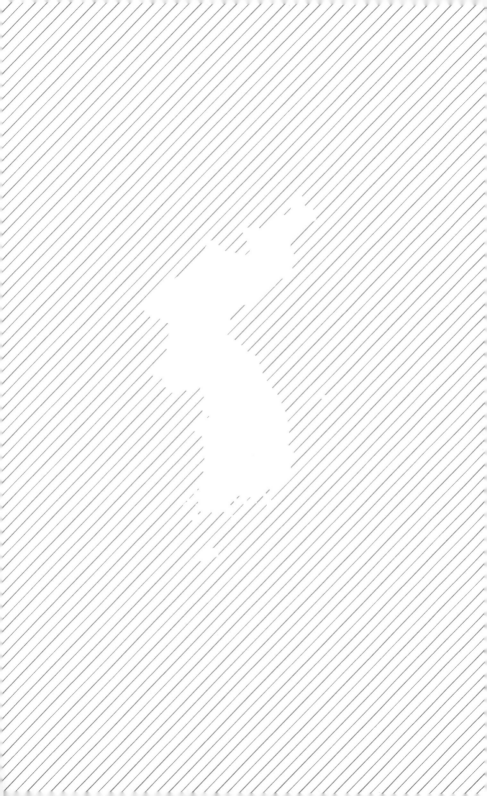

흰머리 소년의 생각

초판 1쇄 인쇄 2020년 12월 11일
초판 1쇄 발행 2020년 12월 18일
지은이 박의동

펴낸이 김양수
편집 이정은
교정교열 박순옥

펴낸곳 도서출판 맑은샘
출판등록 제2012-000035
주소 경기도 고양시 일산서구 중앙로 1456(주엽동) 서현프라자 604호
전화 031) 906-5006
팩스 031) 906-5079
홈페이지 www.booksam.kr
블로그 http://blog.naver.com/okbook1234
이메일 okbook1234@naver.com

ISBN 979-11-5778-469-1 (03800)

* 이 책의 국립중앙도서관 출판시도서목록은 서지정보유통지원시스템 홈페이지
  (http://seoji.nl.go.kr)와 국가자료공동목록시스템(http://www.nl.go.kr/
  kolisnet)에서 이용하실 수 있습니다.
  (CIP제어번호 : CIP2020052558)
* 이 책은 저작권법에 의해 보호를 받는 저작물이므로 무단전재와 무단복제를 금지하
  며, 이 책 내용의 전부 또는 일부를 이용하려면 반드시 저작권자와 도서출판 맑은샘의
  서면동의를 받아야 합니다.

* 파손된 책은 구입처에서 교환해 드립니다.   * 책값은 뒤표지에 있습니다.

* 이 도서의 판매 수익금 일부를 한국심장재단에 기부합니다.